丸戸史明
插畫／深崎暮人

Kadokawa Fantastic Novels

彩頁／內文插畫‧深崎暮人

Content

不起眼
龍與虎
相會法
Saenai heroine no
sodate-kata Girls side

序章

九月上旬，放學後照進視聽教室的夕陽仍會帶來惱人的暑氣。

「這什麼啊！劇情發展跟指定好的事件情景根本不一樣嘛！」

……話雖如此，響徹室內的高頻噪音一如往常，絲毫不輸暑假後炎炎晚夏的蟬鳴。

「欸，霞之丘詩羽！能不能請妳解釋這到底怎麼回事！」

聲音的主人是個女生，正氣勢洶洶地占據在教室中央，挺直她不算高的個子，也挺出不能算沒料的胸部，還拚命將醒目到極點的金髮雙馬尾甩來甩去營造威嚴感。

「……這種程度的劇情微調，有必要逐一報告、聯絡、商量嗎？」

相對的，這陣感覺連絮絮蟬鳴都能吸收的嗓音，則有如寒森森的積雪，冷漠、低沉且平靜。

「在我認知中，關於這次的事，我完全、絲毫沒有給妳添一丁點的麻煩就是了。沒錯，細微程度好比妳內衣裡面沉睡在胸墊底下剛要發育就萎縮凋零的某部位。」

「啥！」

啊，可是先不管嗓音，她的人格並不是白如雪喔。是黑漆漆的才對喔。

……哎，不提那些了，聲音之主是個女人，正抱臂佇立在教室窗邊，將她原本就醒目的胸脯往上托高，還讓夕陽照著她低調又顯眼的黑長髮，自然而然地散發出威嚴感。

「我說，妳不這麼認為嗎？河村．史拜達．希良梨同學？」

「不要擅自篡改別人的名字！基本上，我還沒有認同妳幫那個角色取的姓名！」

正如同她們口裡對彼此的稱呼，金髮少女名叫河村．史拜達．希良梨；黑髮女性的名字則是叫霞之丘詩羽。

……………錯了錯了，金髮的叫做澤村．史賓瑟．英梨梨才對。

「我再問妳一次，霞之丘詩羽……為什麼要對劇情做這麼大的更動？」

「妳的認知從根本上就與我相差甚遠呢。我覺得自己只做了細微的調整而已。」

「遊樂園裡的劇情事件原本是發生在游泳池和鬼屋兩個地方對不對？為什麼現在鬼屋不見，變成摩天輪了！」

「那部分光靠現有的素材就能改好才對。我並沒有給妳添麻煩。」

「妳已經添了！我好不容易準備好的鬼屋背景都白費了嘛！」

呃～～基本上，這樣的日常光景……不對，目前這一觸即發的危急狀況，是發生在放學後的社團活動。

為迎接即將來臨的冬COMI，我們的遊戲製作社團「blessing software」有意製作、推出同人美少女遊戲，基於這項崇高目標而齊聚的眾人從春天就一直努力不懈地在奮鬥。

然後，今天是第二學期開始後的頭一個活動日。

在成員們像這樣各自帶著成果列席，並檢討往後方向的製作會議上，爆出了劇本裡面的某個問題。

坦白講呢，就是大綱裡原本有的劇情事件少了一個，還多了一個原本沒有的劇情事件。

「才浪費掉一張背景，反應就這麼誇張啊。妳只花了拍幾張照片的工夫不是嗎？況且那也用不著專業攝影技術，純屬業餘水準。」

「不只那樣！我畫的三張背景素描也浪費掉了！」

「原本用照片就好的東西，是妳自己要畫出來的不是嗎？問題是不是出在妳那浪費工夫的製圖手法呢，澤村？」

「我多花工夫不就做出了毫無妥協的好作品！」

「既然如此，為了做出好作品就別妥協，浪費掉這區區三張圖吧。」

「那我絕不能接受！『霞之丘詩羽害人白忙一場』的事實太屈辱了，會讓我的工作動力探底無下限！」

而且，更動原案這件事激怒了被拖累的原畫家，進而演變成原畫家和毫無罪惡感的劇本寫手間的口角。

哎，雖然這兩個人原本相處就不融洽，在製作遊戲之類的合作場合常有這種狀況，不可以放在心上。

「澤村，基本上我可沒有浪費妳的素描喔。我反而還活用了原本棄置的圖稿，妳甚至要感謝我才對呢。」

「啥？妳那是什麼意思？」

「妳準備的背景素材中，本來就有摩天輪的場景。妳看這張圖。」

於是，詩羽學姊遞了一張列印稿到英梨梨眼前……

「什、什……什什什什什麼！」

瞬時間，英梨梨漲得滿臉通紅，詩羽學姊看到她那樣反而臉色一沉，讓人覺得氣氛開始在另一層意義上變得緊張。

「……這樣啊，看來這張素描對妳而言，果然是極其稀有的私房機密。」

「妳從哪裡弄到的！」

確實如詩羽學姊所說，那上面畫著從摩天輪窗口看出去的風景。

天空、高樓大廈、小山丘與夕陽。

從小小座艙裡居高臨下時，廣大世界所呈現的夢幻景象。

還有，畫在座艙裡的是一個少年。

「倫、倫倫倫倫也！為什麼這張圖會流到霞之丘詩羽手裡！」

「唔、唔嗯～～？可是，我不記得自己有寄出或上傳那張圖啊……」

是的，不瞞各位，上面畫的就是我。

那是上個月才發生的事，我陪英梨梨到住家附近的遊樂園收集背景素材，途中歷經曲折，還差點跟她鬧翻……

結果在最後搭的摩天輪座艙裡，為了證明彼此和好，英梨梨畫了拿掉眼鏡的我……為藍本的遊戲男主角「安曇誠司」的肖像畫。

……啊～～抱歉，我從剛才就完全沒有介紹到自己。

我是社團「blessing software」的代表兼製作人兼總召。

換言之，我是這兩個人的上司，同時也是跑腿工，而且「奉命」掌有其生殺予奪權的豐之崎學園二年級學生，安藝倫也。

「你太大意了，倫理同學……看來，你還不明白自己上週開了什麼樣的安全性漏洞呢。」

「上週？學姊說的上週是……啊！」

提到上週，就是暑假最後一週。

詩羽學姊表示「差不多需要新背景資料了」而來到我家，當時我記得自己說過：「嗯，東西在背景資料夾裡面，妳隨便拿吧。」

……手則指著還沒有整理過，只將存檔圖片全部塞在一塊兒的電腦。

「倫、倫、倫……倫也～～！」

「抱歉，英梨梨！」

即使察覺內情的英梨梨淚眼汪汪地向我哭訴，也為時已晚了。

好巧不巧，將最不能見人的圖檔混在最需要看的圖檔中，這就是我犯下的致命失誤。

「但我覺得倫理同學沒必要道歉，澤村也沒必要唉聲嘆氣啊。畢竟你們看，誠司的這張表情真不錯……雖然我不知道模特兒是誰。」

「オオオ才沒有幕後本尊啦！」

「看了這麼棒的圖，即使我從中獲得靈感，興致十足地寫出摩天輪劇情事件也沒有什麼好奇怪吧。」

「可、可是，那、那張圖是——」

「根本來說，這與我指定的劇情事件文字分鏡已經是完全不同的圖了吧。能不能請妳說明這到底是怎麼回事呢，澤村？」

「這、這、這種程度的劇情微調，妳覺得有必要逐一報告、聯絡、商量嗎！」

「夠了啦！妳們兩個停下來停下來停下來～～！」

東扯西扯之後，今天的社團活動大致跟往常一樣，完全沒進展……

※　※　※

「東扯西扯之後，結果今天的社團活動也跟平常一樣耶，安藝。」

「…………也是啦。」

於是一小時後。

在放學路上的某間木屋風格咖啡廳。

「總之，霞之丘學姊的劇本好像有進展，澤村同學的圖也按照日程完成了，目前不需要擔心什麼呢。嗯，進度順利。」

「對啊，真的太棒了……我是指加藤妳那一如往常地徹底忽略剛才慘狀的總評。」

目前在此跟我交談的聲音主人是個女生，她態度自然地坐在我眼前，隨手端起咖啡杯，本身的存在卻照樣埋沒於店內，一頭鮑伯短髮既沒有威迫感也沒有分量感更沒有存在感。

還有，其實她剛才也待在視聽教室的角落，結果從頭到尾一句話都沒講，只是個臉色淡定地把玩著智慧型手機的第三者。

她就是我們社團「blessing software」的祕密兵器——而且這個祕密大概會封藏到最後——我的同班同學加藤惠。

另外，她擔任的是第一女主角……在製作遊戲方面的分工職責則尚無定論。

「呃，她們兩個會吵成那樣，以我們社團的組成形式來說是難免的嘛。」

「話是那麼說，成軍到現在都快要半年了耶。她們的感情總該變好了吧？畢竟我們是朝共同目標賣命打拚的伙伴啊。」

我們的社團是在春天成軍，如今社團名稱已經決定，冬COMI也報名完畢了，眾人確實團結一心在奮鬥，即使如此，發生於部分地區的內戰目前仍全無收尾跡象。

「不過，感覺社團裡倒也不是沒有那兩個人寫下的鬥爭史，她們一直以來好像都拚了命地想把彼此擠出去，而且好像到目前都還在鬥耶。」

加藤身為這個社團裡最大的溫和派，卻把深深憂慮激進派現狀的我甩在一邊，毫不憂心地啃著咖啡附的咖啡豆。

……像這種時候，不加入任何陣營的那一派，不是都會為了修復關係而到處奔走嗎？

「對了，加藤。」

「什麼事，安藝？」

哎，那種無益的話講出來也沒用，因此我稍微改了話題的方向。

沒錯，改到稍久以前。

「她們兩個是在什麼時候，透過什麼形式認識的啊？」

「…………」

結果，加藤似乎連我切換得如此自然的話題都跟不上，原本啃著咖啡豆的嘴巴頓時停下。

「畢竟在我今年春天安排她們見面之前，那兩個人早就互相認識了。而且她們從當時就已經嚴重敵視彼此。」

「…………」

緊接著，加藤看我的表情少了一絲絲淡定。

該怎麼形容好呢？那就像摻雜著傻眼與同情，又微妙地帶有藐視味道的討厭表情。

「怎樣啦？」

「呃～～安藝，你真的想知道當時的情況嗎？」

「還好啦，有點好奇就是了。」

「但我不覺得那是出於些許好奇心就可以打開的潘朵拉盒子耶。」

「不對吧，加藤，我覺得一開始就在『盒子』前面加上那種固有名詞修飾才有問題耶。」

然後她慢慢地讓同情的視線落在桌上，改用像稻○純二（註：指藝人稻川淳二）那種醞釀出不安與恐怖的鬼祟表情望著我。

「我再問你一次喔，安藝……你真的覺得，知道當時的情況也不要緊嗎？無論事實如何，你都會全盤接受對不對？」

「妳……妳該不會從她們兩個口中聽過些什麼吧？」

「沒有啊，我既沒聽過也不曉得，更不打算知道詳情。畢竟聽了以後肯定會有許多麻煩。」

「既然這樣妳就別裝成一副知情的樣子吊人胃口好不好！」

那麼，接下來便是「我不知情」的故事。

……或許，也可以說是「還好我不知情」的故事。

因為這是我不曉得的往事，所以敘事者得交棒給我以外的「某人」。

我想，聽故事的人也會覺得這種調調和往常不太一樣，如果能請大家放寬心情照常作陪便是萬幸。

ACT1 霞之丘詩羽

一年前，九月中旬——

第二學期剛開始不久，放學後的圖書室還沒有恢復平時的熱鬧。

不對，用「熱鬧」形容會有語病，不過連平時為了準備應考而聚集用功的大群三年級學生都零零星星，翻閱書本或者用鉛筆寫字的細微聲音，今天絲毫沒有響起。

「真的有進……」

因此，在那種環境中，儘管佇立於某層書架前的她是以小小聲的音量嘀咕，在室內卻傳得相當廣。

「而且還各進兩本……要笨嗎？」

二年D班，霞之丘詩羽。

從一年級就不曾讓出榜首寶座的豐之崎學園頭號才女，同時，也是豐之崎學園的「前」第一美少女。

於是，據傳從今年度降格成豐之崎學園「兩大」美少女之一的她，完全沒有把周圍少少幾個學生放在心上，開始熱衷地讀起從書架拿下來的書。

「霞之丘同學？」

「…………」

「不好意思，霞之丘同學？」

「……咦？」

經過一小時後。

不知不覺中忘記時間而埋首於讀書的詩羽回神以後，才把頭轉向疑似在呼喚自己的聲音。

「已經到閉館時間了……」

「啊。」

聽對方一說，詩羽環顧四周，便發現眼前有個客客氣氣地抬頭看著她的眼鏡少女。

還有室內除了她以外，已經沒有其他人的光景。

何止如此，室內更在不知不覺中染上了濃濃夕色，暗得讓詩羽懷疑：自己到底是怎麼在這種亮度下讀書的？

「還真是稀奇耶，想不到霞之丘同學會來圖書室。」

「我大概有一年沒來。畢竟入學半年後，這裡的書我幾乎都讀過了。」

「這、這樣啊。跟外傳的一樣，妳好會讀書喔。」

「沒什麼，我只是閒得慌……到去年為止。」

「啊，這麼說來，聽說妳要幫話劇社寫腳本？名聲響亮喔。」

在詩羽走到櫃台辦理借書手續的這段空檔，戴眼鏡的女同學還是略顯客氣，不過她就像抓到了機會想跟詩羽多講話。

「哎，那件差事本來也是接來打發時間的，不過時期或許稍微弄錯了。」

「時期是指？」

「畢竟我還要顧及截稿和連載……哎，妳別在意。」

「呼嗯？」

話雖如此，也難怪女同學會對詩羽用那種態度。

入學過了一年半，詩羽在這段期間已經創下種種傳說，足以讓她得到「暗黑美女」、「黑長髮雪女」等封號，在了解她平時言行舉止的人看來，她會像這樣打開話匣子，心情又顯得這麼好，大概還是頭一遭。

「那麼，還書期限是一星期，麻煩妳嘍。」

「嗯，謝謝妳，呃…………」

「……我叫坂口真澄。讀2年D班。」

「……謝謝妳，坂口同學。」

沒錯，即使她們每天在同一個班級見面已經超過半年。

「話說我有點意外。」

「意外什麼？」

「原來霞之丘同學也會讀這種書。」

「……哎，有讀一點點。」

於是（誤以為自己）和詩羽變得要好的圖書股長真澄仍不死心，還想加強本身給人的印象，又把話題轉到了詩羽借的書上面。

也就是手邊借書卡上寫著書名《戀愛節拍器》的那本書上面。

「對了，這本書上星期才進的，不過之前在圖書股長間就已經變成滿大的話題了。」

「是、是喔。」

「妳想嘛，一年級不是有個叫什麼來著的，就那個很有名的御宅族男生啊？」

「安藝倫也。」

「咦？」

「……抱歉，我不太清楚呢。因為我不擅長記人名。」

「啊，對、對喔……然後呢，那個男生就跑來找老師好幾次，還說『這部名作沒有列進學校推薦書目實在太奇怪了』、『未來直木獎作家的作品當然要列入館藏啊』，他不只要求我們進書，還大肆宣傳了一番……」

「是、是、是喔……」

……關於那些肉麻大放送的讚美，雖然詩羽已經從本人口中得知一二，不過聽其他人一提，害臊程度還是會跟著倍增。

『圖、圖書室進了？你是說《戀愛節拍器》嗎？』

『沒錯！他們終於進了！九月開始進的！』

『……倫也學弟，你這次又做了什麼？』

『咦～～我沒做什麼啊。』

『哪有可能什麼都沒做就讓學校把輕小說加入藏書呢？』

『咦～～可是像《卡普斯島戰記》跟《精明魔導士》都整套齊全耶。』

『怎麼可以拿傳奇性作品來比啊。我可是新人作家，才出第二集而已，而且這是連什麼時候會被腰斬都不知道的出道作喔。』

『哎～～我們學校還真有先見之明～～居然早早就採購了未來直木獎作家的書。』

『……我懂了。你就是靠那樣吹捧，才硬是讓校方接受的對不對？』

『……學姊，好作品會默默竄紅的時代已經結束了啦。』

『所以你有動手腳對不對？』

『現在無論是什麼樣的名作，不宣傳都沒用啦！就算故事再怎麼棒、角色又可愛到爆、讓人哭得唏哩花啦地讀了二十遍以後再看還是會落淚，不先吸引讀者把書拿到手就沒戲唱了！』

『唔、唔哇……夠了，你停下來。』

『不，我不會停。要我說幾次都行。霞詩子的《戀愛節拍器》是一大傑作！不讀這部作品的傢伙等於虧了百分之一百二十的人生！所以我推廣時絕不手軟！』

『……你的眼神，是瘋狂信徒的眼神喔。』

「～～唔。」

「霞、霞之丘同學？」

「咦？」

「剛才，妳……」

「……怎麼了嗎？」

「剛才，妳看起來好像很……」

「………怎麼、了、嗎？」

「沒、沒事……！」

詩羽一面卯足了勁故作平靜，一面施加暗黑壓力，使得真澄一臉嚇得像是撞鬼似的望著她。

……換句話說，已經無人能透露詩羽當時究竟露出了什麼表情。

「那麼，我差不多該走了。」

「好、好的……再見，霞之丘同學。」

接著，詩羽慢慢地調整呼吸，壓抑住種種翻攪的情緒，然後轉身走向門口。

同時，她心裡抱著莫名奇妙的疑問——家裡還另有五本的這本書，該什麼時候還呢？

「……哎呀？」

「這次又有什麼事？」

在詩羽轉身走了兩三步以後，打算整理借書卡的真澄發出有些訝異的聲音。

「對不起，我只是自言自語……我在想，這本書果然很受歡迎呢。」

「什麼意思？」

「畢竟書才進來一個星期，妳在借閱者當中已經排第三名了喔。」

「咦……？」

※　※　※

等詩羽離開圖書室，北側走廊又更加昏黑了。

她看向時鐘，時間接近六點。

黃昏時分的校內早已感覺不到任何人的動靜，只剩某處光源留下的影子在走廊裡微微搖曳，散發著宛如有「人以外的東西」存在的非現實感。

話雖如此，對詩羽這個觀點有些偏頗的好讀書之人來說，不管是懸疑或恐怖作品，最大看頭都在於角色的喪命順序，那種非現實感並不會讓她恐懼。

倒不如說，詩羽目前還沉浸於剛才接到的另一個難題，說她根本沒空閒對薄暮冥冥產生特殊感覺或許才是正確的。

「第三個讀者是嗎？」

霞詩子……霞之丘詩羽的著書《戀愛節拍器》剛成為館藏就立刻借閱的人，在這間豐之崎學園裡似乎有三個。

一個是她自己所以先剔除。

另一個會借的狂熱書迷也在意料之中。

然而剩下的那一個，實際上就是在詩羽之前辦理借閱的第二個人的姓名，怎麼想都和她對於自己作品讀者的印象相差甚遠。

畢竟從詩羽聽聞過的形象來想，實在無法想像那名人物會接觸輕小說，而且還是老套的戀愛題材。

據說，對方是一入學就在畫展得獎的美術社超級新星。

據說，對方是豐之崎學園「兩大」美少女之一。

據說，對方還是英國外交官的掌上明珠獨生女，家境極其優渥。

分不出哪些為真、哪些為假的形象像滾雪球一樣越變越大，終成為學校裡最紅的八卦焦點。

儘管詩羽在自己不情願得到的頭銜這方面，和對方有所重疊，然而對方和《戀愛節拍器》、和霞詩子、和霞之丘詩羽的交集之少，仍莫名其妙地從各方面加深了她心中的謎團。

（那個女生……）

（——・——・——為什麼會讀我寫的輕小說……？）

「妳就是霞之丘詩羽？」

這時候，忽然有陣音調略高且澄澈響亮的嗓音，將差點陷入思考深淵的詩羽拉回現實。

聲音來得突然。

而且，那來自斜上方。

「咦！」

詩羽朝聲音傳來的方向抬頭，然而耀眼光芒卻讓她不得不立刻瞇眼。

因為她在不知不覺中，已經來到樓梯前。

從面朝走廊南側的樓梯仰望上頭的樓梯間，可以看見今天的最後一道夕照……

而且，理應只有一絲絲的那陣光芒，被某種「纖細的黃金藝品」反射，銳氣十足地閃過詩羽的眼睛。

沒錯，那頭不像日本人的亮麗金髮閃過了她的眼裡。

在豐之崎學園裡，眾所皆知的那個人……

就連對他人完全不感興趣的霞之丘詩羽，都能將長相和名字湊成對的，例外中的例外。

「澤村．史賓瑟．英梨梨……同學？」

ACT2 1st contact

「哦，妳曉得我的名字啊……那真是榮幸之至呢，霞之丘詩羽……不對，霞之丘學姊。」

當那陣略高的澄澈嗓音，和夕陽下閃閃發亮的金髮配在一起時，詩羽感覺到自己目前所在的世界少了一點現實味。

因為那嗓音、那畫面、那情景，全都是在輕小說裡也難得一見的景象。

「我也認識妳喔……全校第一才女兼拒人於千里之外的冷血女。無論男生怎麼示好，妳都絕不領情，還會將對方教訓到不敢再來攀談，人稱『暗黑美女』。」

「……那又怎麼樣？」

「不怎麼樣……我只是有點好奇，妳到底是多了不起的人。」

可是，對方的言行裡，卻充滿了足以摧毀那迷人登場畫面的強烈惡意。

正如澤村英梨梨這名少女所點破的，因為詩羽自覺自己「以往」也總是對人惡意相向，才能切身體會到那股惡意。

應該說，就她所知，這麼樣板化的惡意倒也算難得一見。

（呃～～這個女生，是不是打算……「修理」我呢？）

因此，詩羽依然感受不到現實味，還像自己編寫故事時一樣，開始預測接下來的發展。

（既然如此，她接著會說的台詞是不是……『豐之崎兩大美女並不需要兩個』……呃，可是那樣在文法上會顯得怪怪的。）

「呵呵。」

「唔……有什麼好笑的？我問妳。」

「啊，對不起，澤村同學。我想其他事情想了一會兒。」

詩羽發現自己正在思考相當無益的事情，忍不住就照著平時的習慣仰起了嘴角，即使如此，她仍面不改色地向肯定在挑釁的對方賠罪。

（這樣啊……原來我們學校的校花，是個這麼樣板化的千金大小姐。）

（即使在我的作品裡，也沒有這麼單純明快地等著在結局當落水狗的角色呢。）

……結果，她還是在思考那些無益的事情就是了。

畢竟詩羽完全不在乎別人如何評價她，就算對方衝著無關緊要的頭銜想找碴，也只是掃興罷了。

而且，正因為對方是校內第一美少女、人人稱羨的富家千金，甚至疑似為自己作品的讀者，剛對她產生特殊好奇心的詩羽更感到格外失落。

「還有，再說一聲抱歉。我並不是值得讓妳感興趣的大人物。」

若是在去年以前，詩羽肯定會當場進入戰鬥態勢。

她會出其不意地用英梨梨這個少女剛提過的刻薄態度，故作恭敬地好好激對方一番，等到在口頭上將人教訓得體無完膚以後，詩羽就會將「豐之崎第一美女」的稱號奉送給這個虛有其表的大小姐。

「沒那種事吧？不只一年級的男生，連女生當中也有一堆人崇拜妳喔。」

「論風光我還不及妳，澤村同學。從今年一年級入學到現在，妳始終是全校的話題人物。」

然而，現在的詩羽卻輕易地選擇撤退一途，讓理應是下定決心才來找碴的英梨梨撲了個空。

「我的事情在這當下應該無關緊要吧，重要的是妳這個人……」

「我的事也一樣無關緊要喔……不好意思，我要回去了。」

因為目前的詩羽根本沒有時間和心力，可以耗在那種針鋒相對的劇情事件上面。

她還有更重要的事要忙。

（呃，回家以後要擬第三集的大綱、校正替Undead雜誌寫的新稿……還要檢查某個網站的更新內容，跟某站主商量事情……）

創作，然後發表，然後討論其成果……

詩羽想將自己所有的資源，都用在那幸福的時間上。

如此思索幸福未來的她，在這時候已經快脫離「暗黑美女」了。

「不，事情現在才要開始談。我今天是來奉勸妳的喔，霞之丘詩羽學姊。」

「奉勸……？」

可是不知道為什麼，無論詩羽怎麼低聲下氣，對方卻沒有退讓的跡象。

……雖然她身為作家，還對「低聲下氣」的定義略有誤解，倒也不能算沒有過錯。

「像妳這樣的人，要是和不起眼的御宅族學弟走得太近，應該不妥吧？」

「……咦？」

於是，壞心的金髮大小姐抓準機會，生龍活虎地朝詩羽拋來出乎意料的震撼彈。

「我看見了喔……放暑假以前，妳跟倫……妳跟一年級的男生，待在圖書室，聊了一個小時以上……！」

「啊……」

對方提到的時期與地點，詩羽確實心裡有數。

就是圖書室敲定要進「那本書」當天。

平時他們並不會在學校裡講話，然而那一天，詩羽雖然對宅男學弟……安藝倫也的鐵腕手段感到傻眼，還是心情不錯地和他長聊了一陣子。

哎，感覺不到十分鐘的那段時間比想像中來得長——實際為六倍以上——這樣的事實倒使她無法接受就是了。

「以前妳不是對任何男生都沒有興趣嗎……可是，為什麼會這樣？」

「………那又如何？」

瞬時間，詩羽的語氣和周圍溫度一口氣降到冰點。

戰鬥態勢的詩羽現身了，那氣勢正如去年以前別人所封的「黑長髮雪女」外號，有意找碴的人都將遭到冰封。

「妳、妳想嘛，假如事情曝光不是很困擾嗎？被人誤會和那種白痴有曖昧，對妳來說不就虧大了？」

英梨梨的話變得傳不進詩羽耳裡。

「我想也是啦……跟那種又宅又不起眼又宅又笨又宅又死腦筋的傢伙一起放學回家，要是被大家傳成八卦可就丟臉了。」

倒不如說，她已經進入用全身承受對方的話語，正蓄勢待發地準備加倍奉還的狀態了。

「別人要怎麼說我，我是無所謂……」

所以，詩羽並沒有察覺，對方的說詞在不知不覺中已經變得邏輯不通，甚至淪為小孩子講人壞話。

「可是，我不允許別人藐視倫……呃，那個，我就是氣不過熟人遭到批評。」

附帶地，詩羽也沒有察覺，連她自己反駁的內容都成了孩子氣的藉口。

「…………」

「…………」

起初的夢幻邂逅不知去了哪裡，活像小孩或女人鬥嘴的幼稚對峙持續了一陣子……

不久，英梨梨這邊忽然露出「看來是時候祭出王牌了」的微笑，然後朝詩羽一步、又一步地靠近。

「……那本書是叫《戀愛節拍器》對吧？」

「唔……」

而且，那句話在近距離內散發的魔力，確實具備讓詩羽中招的力量。

「原來你們兩個宅味相投啊……真意外，鼎鼎大名的霞之丘詩羽竟然會讀輕小說。」

此時，詩羽終於想通眼前這個大小姐為何會專程到圖書室借那本《戀愛節拍器》了。

簡單來說，這個人不是對作品感興趣，只是想探她的底罷了。

「哎，像你們那樣也不算什麼壞事。反正人各有嗜好，御宅族在這年頭又不稀奇。」

而且，自己方才借了那本書，正好讓對方的推測轉變成篤定。

「不過，妳還是別跟那個白痴來往比較好吧？那樣豈止對妳沒好處，我覺得還會壞了妳的名聲耶。」

「……妳真是拐彎抹角呢，澤村同學。就算不特地找我求證，妳大可放黑函或風聲來陷害我就行了。」

「我剛才就說了吧，我並沒有打算害妳。我只是來奉勸妳，在傷害淺的時候要趁早抽身。」

「我沒道理讓妳替我操那種心。」

「……妳那是什麼意思？難不成，妳想說其中並沒有誤會？」

「不是那樣。我的意思是：我跟妳沒什麼好說的。」

她們兩個已經毫不掩飾險惡的態度，猛瞪著彼此。

「妳寧願拋棄自己現在的地位，也要和那個《戀節》下線製造機在一起嗎！」

「……聽好，澤村英梨梨。我對於名聲、外界傳言，還有別人怎麼看待我絲毫沒興趣。」

『妳還不如先講清楚，《戀節》下線製造機到底是什麼名堂啊？』——詩羽心裡並不是沒有這種疑問，有股衝動的情緒卻迫使她搶先回嘴。

「既然妳對別人怎麼看待自己沒興趣，那更沒有理由要執著在一個御宅族身上嘛！」

「……妳不會懂的。永遠不會。」

「……那是什麼意思？」

「意思就是像妳這種只會做表面工夫，擺出膚淺的笑容，還帶著一群名為朋友、實則連真心話都不能講的跟班的人絕對不會懂。」

「〜〜〜唔！」

而且，由於她太過衝動，根本還不了解對方就隨口吐出了那些惡言惡語……

「妳和他之間並沒有任何交集吧？妳討厭我無所謂。可是，我不允許妳出於討厭我就講他的壞話。」

連身為當事人的詩羽自己都還來不及察覺，她便同時戳中了對手的要害與地雷。

「……妳喜歡他嗎？喜歡那個御宅族？」

「至少他比想用那種二元論來綁住人的庸俗之輩更得我好感。」

因此，勝負已分。

即使如此，詩羽之所以會覺得莫名尷尬與不忍，都是因為對方不知道為什麼在短短五秒內就淪為落水狗的臉色，讓她格外印象深刻。

同時，也是因為她忽然在對方身上感受到身為輕小說女主角的光彩。

「好了，這次總可以說再見了。」

詩羽留下英梨梨，自己走下樓梯。

她心裡沒有上一刻的那種激昂，目前，只剩下些許的後悔，與一絲不安。

雖然說不上為什麼，但詩羽想立刻離開英梨梨身邊。

「倫也他……才不是對妳這個人感興趣。」

「咦……？」

沒錯，因為她害怕英梨梨接下來要說的話。

「他只是在珍惜同好。」

有徵兆顯示，對方還知道一些詩羽所不了解的什麼，那讓她感到畏懼。

「他只是想找個能一起愛、一起玩、一起聊同一部作品……還能一直陪他當御宅族的朋友。」

「……我們的事應該已經談完了，澤村同學。」

「誰叫那傢伙是永遠的二次元宅男……只會跟螢幕裡的對象談戀愛。只關心《戀愛節拍器》這部作品。」

「我說過了吧，我沒有在聽妳講話。」

而且，英梨梨接下來說出的話，果然讓詩羽大受動搖。

因為英梨梨精準地說中了，詩羽在和「他」相處時所感受到的那一絲不對勁。

「他只會關心裡面的登場角色，還有作者。」

「唔……」

於是，被逼到了這一步。

詩羽決定對露出些許破綻的英梨梨還以顏色。

「所以說，就算書迷之間變得再要好……」

「對了，我還沒有自我介紹呢，澤村同學。」

「咦？」

「我是二年D班的霞之丘詩羽……另外，我的筆名叫『霞詩子』。以後請多指教。」

「咦、咦、咦……咦咦咦咦咦～～！」

她甚至忘了，揭露那一點既能傷敵也嚴重傷己。

ACT3 澤村・史賓瑟・英梨梨

「唔、唔、唔……唔哇啊啊啊～！」

從夕陽時分的歷史性邂逅……不，從開戰後過了一個小時。

儘管整個人恍恍惚惚，總算還是回到家裡的金髮雙馬尾少女倒在床上，使勁地擺手擺腳發出鬼叫聲。

一年F班，澤村・史賓瑟・英梨梨。

剛入學就贏過眾多學長姊，在縣內畫展拿下獎項的美術社新人兼王牌，同時也是豐之崎學園的在屆頭號美少女。

「為什麼？為什麼！為什麼霞詩子會讀我們學校啦～～～！」

……以上都是不知道她目前在這裡是何德性的那些人所鞏固起來的，僅止於表面的名聲。

外傳的「富家」千金這點並不假，應有二十坪大的寬廣單人房裡，看得見富麗堂皇的燈光照明，還有作工細緻的柔軟絨毯。

……外傳的「富家」姑且不提，以「千金」來說就顯得漏洞百出的房裡，堆滿了無數漫畫書、動畫光碟和電玩遊戲。

另外，這裡提到的「堆」絕對沒有宅界術語中「堆著還沒消化」的那層意思……大概。

沒有錯，這個房間的主人正是澤村・史賓瑟・英梨梨……又名（筆名）柏木英理。

在小學時期啟發了對御宅界的興趣，到中學時期則因為隱藏本性，導致心態被醞釀得古古怪怪的美少女情色同人作家。

另外，這裡的「美少女」同時可以修飾「情色同人」和「作家」兩個詞，因此要注意。

哎，不談那些，西洋鏡一拆穿就會露出御宅族本性的山寨千金英梨梨，在床上想起了剛才那場口角，心裡滿是恐懼、羞恥與懊悔，並且將放在床邊桌的一冊文庫本拿到手裡。

「忘記跟她要簽名了……」

……那是英梨梨反覆讀過太多次，已經翻得破破爛爛《戀愛節拍器》第一集。

那實在是一場不幸的邂逅。

有個少女陰錯陽差地向鍾愛作品的作者找了碴。

還有個少女陰錯陽差地教訓了自己一直想要的女性書迷。

假如少了某個熱血宅男，兩人絕不會邂逅……

到頭來，只要有那個熱血宅男在，不幸的邂逅終究會發生。

※　※　※

七月上旬——

距離那場不幸的邂逅，大約兩個月以前。

儘管時間接近六點，梅雨季過後的初夏陽光仍照著豐之崎學園，灑落在一年級教室相鄰成排的二樓走廊上。

離放學已經過了好幾個小時的那塊地方，可看見英梨梨獨自佇立著讓夕陽照耀其金色秀髮的身影。

只要默默站著就倍顯賞心悅目的那個美少女，目前卻鬼鬼祟祟地東張西望，舉手投足間始終帶有自毀名聲之虞。

英梨梨面前，有一年F班的整排置物櫃。

而且，她就站在掛著「澤村英梨梨」本人名牌的置物櫃前面，根本沒任何虧心之處才對。

即使如此，英梨梨再一次謹慎地環顧四周，做了深呼吸，然後戰戰兢兢地打開那扇門。

「……還好，是輕小說。」

如同她嘀咕的，裡面擺著一冊文庫本尺寸的小說。

用某宅店書套包起來的那本書一翻開，熟悉的不死川Fantasitc文庫標誌便映入英梨梨眼簾。

儘管那是不准帶來學校的東西，尺寸倒沒有多顯眼，英梨梨一面感到鬆了口氣，一面把書裝進自己的包包。

……畢竟，這跟上個月擺在置物櫃裡面的《精明魔導士藍光光碟全集》不一樣，輕輕鬆鬆就能神不知鬼不覺地帶回家，讓她有股安心感。

當然，那些東西並不是英梨梨買來帶到學校的。

那是某個不時會把自己推薦的作品往她置物櫃塞的雞婆熱血宅男做的好事。

那個御宅族少年……安藝倫也，是從小學、國中到高中，都一直跟英梨梨同校的同學。

不，其實他們的關係並沒有單純到用這麼一句話就能說明清楚……

他們倆剛讀小學就立刻變得要好，一塊兒成了深度御宅族，但在念完三年級以後便斷絕往來，交情降溫到連之後升上國中也互不講話，結果因為對方主動賠罪（在英梨梨的觀點看來是如此）表示：「欸，我們也該成熟點了吧。」兩人關係才稍微修好……變得至少會推廣宅圈作品了。

先不管對方的禮物（英梨梨觀點）第一次擺到置物櫃時，讓英梨梨開心成什麼樣，然而在這個時間點，他們倆的關係全是靠男方單方面進貢在維繫。

「咦，澤村同學，妳還沒回家嗎？」

「是啊，我想在今天內完成底稿。」

「喔，好辛苦喔，下次畫展是在暑假吧？」

「妳才是呢，芝原同學，籃球社也快要迎接高中全國大賽了對不對？辛苦妳了。」

「哎呀，澤村也是現在才要回家嗎？」

「忙得這麼晚啊。」

「不會，妳們兩位才晚呢……高山學姊、菱田學姊。」

「畢竟我們是最後一次參加畫展嘛。」

「就算不能像妳一樣得獎，至少也要有始有終地畫出自己滿意的作品啊。」

「哪有啊……春天那次，我只是運氣好而已。」

英梨梨一來到校庭，還留在學校的零星學生便陸續聚到她身邊，圍成了小小一圈。

既為外貌吸睛的金髮混血美少女，身段又流露出大家閨秀的良好教養，相傳中卻對任何同學都一視同仁地謙和的英梨梨身邊，總有一群人簇擁，無分同學或學長姊。

可是……

「那麼，我失陪了……願各位平安。」

在校門之外，英梨梨絕不會跟圍著她的那些人一起相處。

……從小學三年級的冬天以後，英梨梨就一直沒有交過真正的朋友。

※　※　※

「《戀愛節拍器》……？沒聽過這書名呢。」

回到家，英梨梨立刻解開雙馬尾，將制服換成體育服，取回自我本色，然後懶懶散散地躺下來，從包包裡拿出那冊文庫本。

封面上，有頗具輕小說味道的書名，還有以輕小說而言略嫌樸素的少女插圖裝點門面。

「霞詩子……新人嗎？」

朝書腰一瞧，可發現「榮獲第四十屆Fantastic大賞首獎　萬眾期待的新人出道！」的宣傳詞綻放異彩。

「好，就來看看……這位新人有什麼本事。」

英梨梨微微哼了一聲，拿起擺在床邊桌的眼鏡戴上，翻閱起書頁。

儘管她擺出的態度高高在上，其實內心卻帶有一絲期待。

因為倫也推薦過的作品，從不曾讓她覺得無聊。

結果，抱著淡淡期待的英梨梨跌破了眼鏡。

隔天，英梨梨上學嚴重遲到。

那「不只是」因為她開始讀的那本書有趣得令人欲罷不能。

書裡的文章、劇情演變、結局、女角魅力、男主角胸懷……

作品所具備的力道讓英梨梨大哭了一場，害她眼睛腫得沒辦法上學。

※　※　※

後來英梨梨迅速採取了行動……應該說，身為御宅族的本能畢露無遺。

她立刻上網查看Fantastic文庫的官網，一發現作品出到第二集，就改到亞〇遜Premium下了訂單。

即使如此，貨還是要等一天才會送到，明白這點的她渴求得連短短期間都不能忍，就下載了電子書籍版一股勁地猛讀。

英梨梨更不惜砸錢，把網拍上能標的店鋪特典全標了下來……

不過，等她知道週末有作者簽名會時，號碼券早已發完，讓她流下了磅礡血淚。

※　※　※

到了七月中旬——

學校走廊籠罩著即使在傍晚仍讓人汗流不止的暑氣。

「……好！」

英梨梨站在掛著「圖書室」牌子的門前，拚命按住發抖的腿，並且小小聲地替自己打氣。

從社團抽身的英梨梨之所以會來到她平時毫不理睬的那個地方，是出於某種微不足道、對她卻意義龐大的理由。

『安藝同學啊，他好像放學後都一直泡在圖書室喔？』

因為她裝得若無其事地從倫也的同班女同學口中，問出了那樣的風聲。

（呃，我讀過嘍……《戀愛節拍器》。）

（既然要推廣就不要只放第一集，連第二集一起放嘛。）

（我啊，雖然滿欣賞沙由佳的，但真唯或許比較合我喜好。）

英梨梨閉上眼睛，在心裡模擬該對倫也說的第一句話。

昨天她在床上熬夜思考，好不容易才篩選出這三個選項，到現在卻仍然無法從中挑一個。

話雖如此，英梨梨已經好幾年沒主動找倫也講話，會猶豫成這樣倒也難怪。

「唔……勇氣，出來吧！」

不過，她現在還是想找對方聊。

她覺得只能趁現在。

英梨梨覺得，只有《戀愛節拍器》能讓他們再次牽上線。

光寄郵件，表達不出她現在的這股熱情。

也分享不了那種強烈的感動。

所以，她非得當面告訴對方。

「打擾了。」

英梨梨將手指放上門。

雖然手仍在微微地發抖，還是能用力。

因此，她鼓起了全副勇氣，打開起點的那扇門……

『圖、圖書室進了？你是說《戀愛節拍器》嗎？』

『沒錯！他們終於進了！九月開始進的！』

『……倫也學弟，你這次又做了什麼？』

於是，英梨梨目睹了那一幕。

在圖書室角落的書架後面。有一對看似顧忌他人眼光，但說話時顯然甚為親密的一對男女……

ACT4 區區一個書迷的……區區青梅竹馬

「噗！咳咳，咳咳……」

「唉，你在做什麼？真拿你沒辦法。」

九月已來到後半，在某個假日。

詩羽和身為她書迷兼學弟的倫也，到了地點離兩人平時念的學校搭電車要花一小時的漢堡店見面。

附帶一提，兩人會特地約在這麼遠的地方，倒不是因為不想讓旁人發現，他們的關係並沒有見不得人到需要那樣臆測，更沒有打算在這之後跑去更見不得人的地方（至少其中一方是如此），原因只出在詩羽「一如往常的隨興」。

這裡是詩羽出生長大的城市，和合市。

同時也是處女作《戀愛節拍器》的舞台，對於「基本上不喜歡出門，不過來這裡勉強可以接受」的詩羽來說，稱得上感情濃厚的城市。

哎，先不管那些背景緣由……

「為、為什麼學姊現在會提到那個名字？」

「……你何必那麼動搖呢？」

詩羽提到的某個名字讓倫也噴出喝到一半的咖啡，貢獻了「用手帕幫對方擦嘴」的機會給她扮演照顧人的年長賢妻角色。

「呃，因為……那個人跟我毫無瓜葛。」

「就算那樣，拿來當話題也沒什麼好奇怪的吧。」

然而，另一方面，倫也那激動過頭的反應，也成功地讓詩羽心生某種不愉快的疑念及篤定，情況可說是進退維谷。

「畢竟提到澤村英梨梨，在豐之崎學園也算無人不曉的名人不是嗎？」

「話是那麼說，我跟她又不同班，嗜好不同，生長環境也不同……像我這種御宅族，會對澤村・史賓瑟・英梨梨感興趣才是怪事啦。」

倫也依然掩飾不盡心裡的動搖，其態度正好與說出的淡然語句相反，在在道出自己心裡頭有鬼。

在詩羽聽來，當然連說詞都不能算瞞得徹底……

「史賓瑟是她的中間名？」

「嗯，那是父親那邊的姓氏。澤村是媽媽的姓。那傢伙的爸爸在英國大使館工作，派駐日本以後才認識她媽媽……啊。」

「…………喔，這樣啊。」

所謂「不打自招」就是這麼回事，倫也越顯狼狽地轉開目光。

「總、總之，即使學姊想問我，我應該也答不出什麼有用的資訊……」

詩羽倒覺得短短三秒內就聽到了相當貴重的情報，但她刻意不講，只是直盯著倫也的臉，眼神裡疑心畢露。

澤村．史賓瑟．英梨梨……

倫也顯然認識那個先前來找碴時，口氣幼稚得與外貌、家世和風評都不符的金髮少女。

「……呃，詩羽學姊。」

「什麼事？」

「那傢伙該不會對妳做了什麼吧？比如擺臉色給妳看，明顯把妳當眼中釘，或者在鞋子裡裝圖釘再指著妳叫痛的模樣放聲大笑。」

「……她真的是那麼樣板化的壞心大小姐嗎？」

「不，那傢伙本性不壞，可是有時候一發飆就會開始耍寶。」

應該說，連倫也有沒有意思要隱瞞都令人狐疑。

「我並沒有直接跟她講過話。只是……」

於是，詩羽完全隱瞞了自己那一天經歷的事情。

「因為前陣子，我碰巧在學校看見澤村同學和你親暱地聊天，這樣解釋你覺得如何？」

她一面隱瞞，一面決定用別的方式旁敲側擊。

透過將英梨梨和自己的角色倒置。

「啊～學姊，那樣試探我也沒用喔。」

「……被你看穿了嗎？」

結果，倫也這次並沒有像詩羽意料中那樣輕易起反應。

他擺出「哪有可能啊」的態度，對詩羽投出的牽制球一笑置之。

可是……

「誰叫那傢伙在學校絕不會找我講話。有事情大多寄電子郵件。而且內容只會寫得超簡潔。天曉得她到底多討厭我……」

「…………」

他接下來的反應，卻欲蓋彌彰到讓人懷疑是不是故意的程度……

圈套明明是詩羽自己設的，效果也絕佳，她卻莫名其妙地感到相當不悅。

畢竟，詩羽連不想知道的事情都一口氣全知道了。

倫也和澤村英梨梨之間關係匪淺。

交情深到知道彼此的電子郵件信箱。

而且，那個名聲響亮的千金小姐甚至會主動寄信給他。

換句話說，當時澤村英梨梨之所以會來找碴……

並不是因為霞之丘詩羽這名人物有可能威脅她的人氣。

也不是因為霞詩子寫的作品讓她看了不順眼。

原因全出在詩羽是跟安藝倫也關係要好的女生，如此而已……

「……學姊？」

「……什麼事，倫也學弟？」

倫也臉色發青地交互看著頻頻搖晃的桌子，還有詩羽露出淺笑的臉。

「呃，我講了什麼……惹妳生氣的話嗎？」

「沒關係喔……我不會放在心上。」

「學姊騙人的吧！」

「彼此彼此……！」

詩羽抖腳的震度，已經快要波及半徑五公尺了。

※　※　※

「霞、霞之丘學姊想找……澤村同學？」

「是的，所以能不能讓我進去？」

隔天，星期一。

不脫這部作品完全不描寫上課情境的慣例，放學後的校內。

「那、那那那那究竟是為了什麼呢……？」

「沒有什不什麼，我只是想找她談談。」

隔著位於校舍西側的美術室門板，詩羽和疑似一年級的辮子少女正展開爭辯。

「可、可是、可是……」

「……為什麼妳要提防成那樣？我沒說過半句要對妳怎麼樣的話吧。我想，妳只要乖乖帶路就行了不是？」

「那、那個……請問妳想談什麼，詳情是……？」

「……我明明說過這是我個人的事，為什麼非得向妳解釋？難道美術社是那麼護短主義、密密主義、極權主義的腐敗組織嗎？」

「噫！」

可以想見，辮子少女大概想反駁：「都被說得那麼狠了，妳覺得有人會不提防的嗎？」但更可以想見要是話一出口，誰曉得對方亮出的冷酷舌劍又會多幾倍。

這個別號「暗黑美女」、「黑長髮雪女」的二年級學生，在校內的壞風評就是傳得如此廣泛。

對辮子少女來說，不幸的就是除了自己以外……目前並沒有年級比詩羽高的社員在場。

哎，就算有那樣的學長姊可以依靠，也只是讓不幸的人從她換成那些學長姊罷了。

「總之，我要進去了。」

「啊，請等一下！」

詩羽的受氣袋終於漲滿……不，認定再繼續白耗也沒用的她，甩開了綁辮子的學妹踏進美術室。

即使如此，堅強的一年級社員為了保護這個美術社、乃至於自己崇拜的同學（澤村英梨梨），還是鼓起差點萎縮的勇氣追到詩羽後頭。

……這也顯示，「豐之崎兩大美女」的稱號在校內就是傳得如此廣泛，連旁人都會戒懼她們倆之間的關係。

「……都沒人在嘛。」

「所以我不是一句話也沒有提到她在嗎？」

詩羽踏進的那塊地方，是每週一次上課時看慣的美術室。

擺著許多桌椅、畫布、雕刻的那塊地方，找不到詩羽上星期在夕陽底下遇見的那頭耀眼金髮。

「不過，她有參加社團活動吧？跑去哪裡了嗎？」

「不，我想大概是在第二美術準備室……」

「準備室？」

學妹指了教室後方，位在窗邊而且上了鎖的門。

「嗯，澤村同學常常一個人窩在那房間作畫。」

「等一下。準備室一般不是讓老師準備上課教材用的嗎？」

「喔，老師用的是那邊的第一美術準備室。」

這次少女指了方向跟剛才相反，位於教室前方而且上了鎖的門。

「第二準備室原本是當成美術社的社辦來用，不過從澤村同學入社以後，就變得像她的專屬房間了……」

「那是什麼道理？她的家長有捐昂貴的名畫給學校嗎？」

「不，沒有那種事……只不過她讀一年級就在春季畫展得獎，所以學校好像也對她特別禮遇的樣子……」

「……虧妳還能跟她好好相處。」

兩間準備室居然有一間變成個人專用畫室，美術社這種無論怎麼想都只會產生嫌隙的內情，讓詩羽覺得毛骨悚然。

「因為澤村同學明明是個大小姐，態度卻很親切，而且對任何人都一樣溫柔。」

「……哦，是嗎？」

既然如此，難不成詩羽上週見到的那個英梨梨是在傍晚時分的幻影？

或者說，當時的她是一面照出自己的鏡子？

「最重要的是，她本人就像美術品一樣啊。」

「……也對。正因如此，我才想再見她一面。」

詩羽這麼告訴自己，然後走到教室後面，將手伸向掛著「第二美術準備室」牌子的門。

「不、不過……妳至少先敲門吧。」

「沒關係。」

澤村英梨梨是個什麼樣的人？

如眾人所說，她是個完美的千金小姐？

如詩羽所見，她是個有缺陷的小朋友？

「反正，一開始是她先侵門入戶闖來我這裡的。」

只要再見上一面，這次應該就能釐清一切了。

「……這什麼啊？」

意外的是，門毫無阻礙地開了。

而且，詩羽要找的英梨梨不見其身影。

不過她要找的人，似乎並不是察覺敵人來襲而逃跑，也不是從一開始就不在，而是暫時離席。

證據在於，準備室裡頭一片散亂。

那肯定是因為房間主人直到上一刻都在作畫，還打算立刻回來復工的關係。

「……這什麼慘狀啊？」

更重要的是，假如換成詩羽……

不對，換成大部分的女生，根本不可能放著房間這樣就離開……

「請、請問……澤村同學在裡面嗎？」

「啊！妳不可以進來！」

綁辮子的美術社社員不知道是期待或擔心兩人會起衝突，想要進準備室一探究竟，結果被詩羽用力推出門外，還從房裡反鎖。

「等、等一下～～裡面發生什麼事了～～！」

詩羽那種態度，讓猜測兩人會鬧翻天的女社員叫出聲音。

儘管詩羽又被誤認為黑心，但她還是不能讓對方……不對，她不能讓澤村英梨梨以外的任何人撞見目前房間裡的狀況。

簡直令人震驚。

堆積如山的素描草圖，散落在狹窄的準備室裡。

每一張上面都填滿了密密麻麻的記號與資訊。

質與量都不可小覷……假如這是在今天一天內隨筆揮灑出來的，那麼澤村英梨梨這名少女確實是美術社的新希望，不，王牌頭銜當之無愧。

只是……

「原來……她是圈內人？」

畫在紙上的東西，顯然不是美術社成員會挑的題材。

在一張張草圖上躍動的，是眾多美少女。

有的穿著鑲滿荷葉邊的偶像服跳舞；有的身穿泳裝臉色羞紅；還有的穿得更加暴露勁爆，展露出嬌豔的臉孔。

彷彿將一本輕小說，或者一套美少女遊戲塞進了整個房間，營造出席捲視覺的世界觀。

不，其實那些草圖不過是前戲……

占據準備室中央的畫架上立著一塊畫布。

用豐富顏色描繪在上頭的，同樣是容貌出眾的美少女。

繽紛色彩交融於如夢似幻的景觀中，卻能活靈活現地強調自身存在。

少女被宛如直接從畫中世界長出的荊棘……不，或許是觸手纏住身體，露出美豔而痛苦……

不，或許那是快樂的表情。

其資訊量與密度，好比將四周的大量草圖全濃縮在一張畫裡。

當然，那煽情得根本不可能在高中畫展上推出。

但是，其可愛程度就算在繪師○人展（註：指繪師百人展）上推出也行得通。

「柏木……英理？」

不久，詩羽發現了那塊萌力十足的畫布裡所蘊含的一段訊息。

她發現在紙的右下角，有字跡略顯潦草，但寫得足以辨識其文字的作者簽名。

※　※　※

「『egoistic-lily』……？」

當晚。

回家後，詩羽用自己房裡的電腦搜尋「柏木英理」，最先看到的便是排在搜尋結果頂端的某個社團網頁名稱。

「……和她的本名一模一樣嘛。」

從可以解讀成「任性莉莉」或「e-lily（英梨梨）」的取名邏輯來看，感覺要是澤村英梨梨有自己的同人社團一事曝光，想瞬間把人揪出來似乎易如反掌。

……哎，詩羽自己用的「霞詩子」筆名，之前也被頭號書迷批評過「幾乎跟本名一樣」、「筆名取得好草率」云云，也許她並沒資格對柏木英理抱持那樣的感想就是了。

「唔……！」

於是，戰戰兢兢打開搜尋置頂連接的詩羽，對於自己後來幾十分鐘都在網站裡逛了些什麼，並沒有記得很清楚。

無關於類別、製圖順序、草圖、線稿或草稿，大量的可愛女生圖像亮在眼前，讓她沉迷於一張接一張地把那些烙進眼底的過程。

看似筆觸畫一的角色們特徵各異，若是二次創作，腦海裡立刻就會浮現原案風貌，然而卻任誰都能認出那就是澤村……不，柏木英理的畫。

特徵掌握精準的草圖，工整分明的線條，色調鮮豔的彩色ＣＧ。

製圖的每道工程都各富魅力，但是完成度越往後也就越高，最後成就出足以令人讚嘆的精美圖畫。

幾小時前，龐大草圖昇華成一幅畫的過程再次顯現，重重交織於眼前，讓詩羽臉上露出陶醉的笑容，直到最後都沒有緩歇。

片刻之後，詩羽已經將網站裡的普遍級內容全部玩味了一遍，遲來的渴求感讓她把持不住，終究把手伸向了禁忌的成人適閱頁面認證鈕。

從中滿盈而出的，並不是先前那些豐富色彩，而是螢幕上讓人眼花撩亂的滿滿皮膚色&皮膚色with白色。

肉慾、肌膚、腔穴、混濁黏液橫陳，稀少色數用上了令人傻眼的色層來裝飾，滿載著光看就能勾起情慾的香豔氣息。

當模特兒更加合適的混血美少女千金畫出了那些情色圖片，讓全身承受其震撼的詩羽產生出不同於男生的興奮而渾身顫抖。

※　※　※

後來詩羽迅速採取了行動……應該說，身為御宅族以下略。

她將「egoistic-lily」的搜尋結果從頭到尾看了一遍，將柏木英理公開在自己網站外的美少女CG全部下載到自己的圖片資料夾。

儘管詩羽也想將柏木英理以前出的同人誌弄到手，卻因為那些作品並沒有委由書店代售，只有在網路拍賣上才能找到，因此某個倫理道德觀強烈的學弟臉孔老是在腦海晃來晃去，讓她遲遲無法伸出食指。

可是，在拍賣商品清單中，詩羽發現了差點讓她喊出「世上應當有這種東西嗎！」的貨色而感到戰慄。

「egoistic-lily　陽〇創販新刊附贈影印誌　戀愛節拍器真唯本　十八禁」

在詩羽看到那行字的瞬間，身體就自己動了。

她以往從來沒使用過網路拍賣，而且又未成年，煩惱到最後只好拜託自己的責任編輯町田代為標購。

當町田問到：「那麼，妳可以出多少價？」詩羽講出了「五萬圓」這個比當時標購價高十倍的數字。

結果，送來的本子薄薄一冊。

詩羽對同人誌的認識本來就僅止於皮毛，看到那疊只是用釘書機裝訂的四張B5紙，她差點對自己的思慮太淺感到懊悔。

不過，之後她立刻體認到其實是自己後悔的想法才淺薄。

本子全八頁，不算封面和版權頁只有六頁漫畫內容。

裡頭當然沒彩頁，連封面在內都是黑白線稿。

劇情更是幾乎全無，直人和真唯從第一頁就是情侶，下一頁便立刻忙活起來，但因頁數不多所以三頁內要完事，最後用親親收尾，內容只畫了親熱的全程。

為這部作品撐起主幹的第一女主角沙由佳甚至沒出現。

……即使如此，在篇幅極短且線條稀少的墨線羅列中，仍充滿了對作品幾乎滿溢的愛。

直人和真唯的說話方式，都沒有跳脫詩羽自己的設定。

在短短互動中，也流露出他們為彼此著想的心。

雖然以處女和處男來說，其行為感覺過火了些，但還是能感受到他們純真、青澀以及亢奮的心情。

假如《戀愛節拍器》完結時，直人選擇了真唯，大概就會有這種進展吧——連身為原作者的詩羽都能自然而然地接受那些內容。

詩羽，不，輕小說作家霞詩子……

儘管對創作者來說，動輒會有「將自己小孩賣入火坑」的忌諱感，她卻和自己作品的十八禁二次創作，有了這麼一段幸福美滿的邂逅。

ACT5 2nd approach

當英梨梨離開美術室時，北側走廊又變得更昏暗了。

她看向時鐘，發現已經過了五點半。

秋意漸濃，傍晚來臨的時間變早，學校裡絲毫感覺不到他人的動靜，瀰漫著彷彿要將旁觀者吸入走廊漆黑深處的氣息。

英梨梨則在走廊正中央驀然留步，然後拚命瞇著視力本來就不好的眼睛，探頭望向染上黑暗的校舍深處。

那副模樣裡，並沒有平時千金小姐般的自信或風骨，看起來似乎莫名恐懼。

「……應該……沒任何人在吧。」

英梨梨總算相信開始習慣陰暗的眼睛，一步一步地，像是在確認地板的存在那樣，慢慢在走廊踏出腳步。

從上週起，她一直是這副德性。

英梨梨對看不見的某種東西感到恐懼……不，坦白講她就是怕霞之丘詩羽，警戒過了頭才會像這樣避著其他人，在學校留得很晚，結果反而提高了和對方碰上的風險。

起因是她的同學且同為美術社社員的遠山晴美提供了「急報」。

照對方所說，在上週的社團活動時間，當英梨梨離開社辦時，曾經和跑來找她的霞之丘詩羽互相錯過。

那個對他人毫不關心，對付敵人卻十分辛辣，而且外傳在鬥嘴這方面從未敗陣的「黑長髮雪女」，居然會主動進攻英梨梨的根據地，實在是出乎意料。

而且，據說她一知道人不在，竟然還闖進對英梨梨而言好比「聖域」的第二美術準備室。

換成美術社社員，沒有人會不識相地跑進那地方……英梨梨的疏忽，似乎錯讓最要不得的人抓到了她的把柄。

假如霞之丘詩羽將房裡的「那種狀況」看了個仔細。

而且，要是她根據裡面的東西，循線查出了英梨梨的真面目……

「辛苦妳了，澤村同學。」

「呀啊啊啊啊～～！」

由於心思都沉浸在負面思考，英梨梨又犯了失誤。

她沒有發現自己一直在躲的人，不知不覺中已經站到了眼前——既愚蠢而又致命的失誤。

「霞……霞之丘，詩羽？」

「妳在社團忙到剛剛？還真是努力，畫展已經接近了嗎？」

沒想到，忽然出現在眼前的黑髮學姊卻帶著一副開朗笑容，對準備從社團回家的英梨梨投以溫柔的慰問話語……

「或者，是同人販售活動的日子近了？……柏木英理老師。」

「～～～唔！」

隨後，對方擺出的黑心笑容果真不是浪得虛名。

「為、為、為什麼妳會在這裡？隱形黑髮女——！」

英梨梨拚命地甩開差點將她吸進去的暗黑存在感，一面強勢地反嗆，一面卻也不爭氣地後退。

「之後我們再來檢討妳那對學姊無禮至極的發言好了，但我認為從自己的教室走出來沒道理要被妳抱怨耶。」

「咦？咦？」

英梨梨連忙抬頭一看，眼前的教室掛著寫了2—D的牌子。

……其實這個天敵就隔著一座樓梯棲息在美術室旁邊的教室，如今才發現這項衝擊性事實的英梨梨一口氣冒出了頭昏、盜汗和心悸的症狀。

「哎，雖然我確實在等妳出來就是了。畢竟從那以後，我一直想找妳再談一次。」

「那、那就表示……」

「沒錯，關於妳的『另一張臉孔』，我有許多事想問……」

瞬時間，英梨梨領悟到自己輸了。

她發現自己的生殺予奪大權，已經被這個惡魔般的雪女握到了手裡。

「要是不希望底細曝光，就要照妳的話做——妳想這麼威脅我對不對？」

「……啥？」

英梨梨的腦海裡，已經鮮明浮現幾秒鐘後會發生的場景。

「等妳笑著打出信號，教室裡就會跑出一大群像不良少年的人，把我團團圍住對不對？」

「不對，這裡除了我們以外並沒有別人……」

「而我雖然怕得拚了命想逃，但被壯漢架住以後自然連反抗都無法反抗……！」

「等一下，澤村同學？」

應該說，連分鏡都差不多在腦中定案了。

內容似乎可以總結成「彩色封面／B5／二十四頁／平裝本」的規格。

『喂喂喂，真的假的……這傢伙不是美術社的澤村嗎？』

『沒想到會有可以對千金小姐為所欲為的一天……這下子可爽了。』

『真、真的可以對她下手嗎？詩羽大姊？』

『用不著擔心……你們就照她平時畫的凌辱同人誌那樣款待她吧。』

『呀啊啊啊啊啊〜！』

「求、求妳寬宏大量……饒了我！」

「等一下，澤村同學，我並沒有說要那樣……」

「還、還是說妳看到我被侵犯，會興奮得自己騎到男人身上，然後積極地扭腰擺臀……啊，太放蕩了！」

「還有，別把那種淫亂婊子的角色分給我好不好？」

「不行，不行……我、我從以前就決定好自己的第一次要給誰了……！」

「妳給我冷靜一點，好色妄想女！」

順帶一提，在英梨梨腦裡已經連標題《英理和雪女》都定好了……

※　※　※

「這裡還亮著呢。」

「妳、妳把我關進這種地方打算做什麼……？」

「別再玩那一套了。」

打開第二美術準備室的門，即將西沉的夕陽就從窗口直接照了進來。

詩羽從英梨梨那裡搶了鑰匙，然後跟上週一樣，像房間主人似的大步走進房裡，並且跟上週一樣毫不顧忌地朝房間裡看了一圈，接著唯我獨尊地在畫架前的椅子上大方坐下。

「哎，妳也放輕鬆點。」

「不要擅自進去啦，不要盯著亂看啦，不要一副氣定神閒悠遊自在的樣子啦！」

英梨梨對詩羽那種目中無人的態度抱怨歸抱怨，自己還是另外拉了一張椅子到窗邊，偷偷摸摸地在房間角落坐下來。

身為「豐之崎美術社的一年級王牌」而受到另眼相待的英梨梨露出那種態度，簡直孬到被人從旁起鬨：「嘿嘿～～投手在怕了！」也不奇怪。

……話雖如此，讓英梨梨怕成那樣的當事人，也就是詩羽本身，其實完全不希望狀況變成現在這樣。

「哦，比我上週來的時候整齊嘛。」

「那、那還用說，之前我又沒想到同校裡居然會有既厚臉皮又放肆又偏執的非法入侵者。」

「……雖然說我們念的是私立高中，這裡好歹是美術室的一部分，對學生來說形同公共場所耶。真要追究的話，問題是不是出在把大量私人物品帶到公共場所，還用下流方式強調本身既得權益的美術社社員身上呢？」

「什……」

「基本上，敢在學校裡畫這麼多『見不得人的東西』，在談道不道德以前，對於妳培育得如此茁壯的性癖好還有以往心路歷程與今後發展，我實在不能不擔心呢。難道妳以前在性方面有受過嚴重的心靈創傷？就像妳用的同人誌題材那樣？」

「什、什、什……霞、霞霞霞霞之丘詩羽，才讓妳說說說個幾句幾句幾句幾句話，妳就……太過分了，也不用把我講成那樣嘛……唔，嗚、嗚嗚……！」

『錯了錯了錯了，不是那樣，不是那樣的……我只是想找插畫家「柏木英理」談一談創作這件事。』

……另外，以上是詩羽在搬出那一長串台詞時的心理側寫。

姑且先把「妳是用哪顆心在講話？」這樣的正常感想放到一邊，事到如今詩羽無論在心裡怎麼找藉口，肯定也無法補救剛才那些要命的狂言妄語了，但剛才那些發言，在她內心裡似乎絕非出自本意。

「我、我、我看啊……從以前到現在，妳一定就是像那樣用對手的祕密來要脅，再把競爭者通通踢掉的對不對！」

「我倒沒有那種意思……只不過，假如我的對手都像妳一樣帶有自取滅亡的落水狗特質，那我倒樂得輕鬆。」

「什、什什什什什……唔，嗚哇，嗚啊啊啊啊……！」

……其實在最近，詩羽包包裡隨時都備有柏木英理出的《戀愛節拍器》影印誌。

萬一有需要，詩羽就可以將本子拿出來，當眾揭露英梨梨背地裡的另一張臉孔，讓她大出洋相……當然詩羽的目的並不在此。

她只是想向讀了自己的作品，甚至對作品喜歡到發表二次創作的英梨梨表示感謝，倘若有機會還可以要個簽名，順便讓之前的不愉快隨風而逝並且握手言好，事情應該要這樣才對。

然而，英梨梨的態度、話語、聲音和哭臉太具受虐性，導致詩羽內在的虐待狂本質不停被啟發。

快感竄上詩羽的背脊，讓她想開口質疑：「難道妳想被欺負嗎？是那樣嗎？」

事到如今，詩羽才對自己在「戰鬥以外時」的溝通能力有多低落——或者有多扭曲——感到傻眼。

她甚至承認，自己再這樣下去可能一輩子都交不到朋友或男友。

「總、總之妳別再哭哭啼啼了……來，手帕給妳。」

「不用啦……我自己就有。」

結果，英梨梨說完拿出來的手帕，怎麼看都是和高中生並不搭調的高級海外名牌貨，因此那又惹惱詩羽了。

雖然這完全算遷怒就是了。

※　※　※

「所以呢？」

「所以什麼？」

過了六點，太陽完全下山，黑暗造臨美術準備室裡頭。

英梨梨按下手邊小型檯燈的開關，室內便浮現兩人被幽幽照亮的身影。

當眼睛和內心都適應那樣的昏暗以後，總算恢復冷靜的兩人才開始用正常調調講話。

「澤村同學，妳為什麼要隱瞞自己畫同人的事？」

「妳還不是隱瞞著輕小說作家的身分。」

「我並沒有隱瞞。只是沒有人會不知死活……呃，沒有人有膽量當面問我的隱私罷了。」

「……妳那樣說並沒有往臉上貼金的效果啦。」

雙方回話時都撇開了「除了某個人以外」的限制條件，雖然問話者與答話者都有察覺蹊蹺，但是她們倆目前都刻意不談及那塊黑色地帶。

「妳用常識想想嘛……我澤村英梨梨畫情色同人的事情，事到如今怎麼可能跟大家講明。」

「這樣的話，一開始先講清楚不就好了？妳在入學後就可以馬上透露，要參加動畫同好會也是可以啊。畢竟無論怎麼想，妳的嗜好都不會是從高中才開始的吧？」

「…………我想，我差不多是從小學二年級開始畫萌圖的。」

「既然資歷這麼久，妳更應該……」

「大眾對御宅族的歧視是根深蒂固的喔。」

「那種陳舊的價值觀在這年頭才不會流行吧。御宅族也已經擁有充分的民權了，不是嗎？」

「唔……」

詩羽說的話根本不像之前那樣狠毒，語氣算起來也像在擁護御宅族……

即使如此，英梨梨的表情在一瞬之間，仍有如熱浪中的蜃景般產生動搖，甚至連檯燈照出的自身形影都隨之搖晃。

「再說，妳應該也可以選擇從一開始就受到歧視，之後再慢慢適應的方式啊。像妳這種重度狂熱又毫不可能收山的御宅族，走那條路是不是比較幸福？」

假如英梨梨從一開始就言明自己是重度御宅族同人作家，她們倆的邂逅或許會幸福一點。

比方在圖書館以一本書為契機，用作者與讀者的身分互相認識，對一本書熱烈討論，然後再用一本書的作家與作家的身分，彼此切磋琢磨，牽成美滿的關係……

「我啊……從小時候就是最不配當御宅族的人。」

只要語氣稍有差錯，那句台詞難保不會被當成一種傲慢……

可是，對英梨梨來說那儼然是不爭的事實，永遠都跟討人厭的障礙一樣擺在她眼前。

「而且，別人好像都認為，不像御宅族的人聊動畫電玩聊得很開心，會比看起來活像御宅族的人聊那些更丟臉。」

「那是不是妳自己的被害妄想呢？」

「即使我以前因為那樣一直被霸凌？即使我只是裝成脫宅，馬上就沒人敢再霸凌我？」

「…………」

英梨梨在小時候的容貌要自稱御宅族，實在亮麗得太過渾然天成。

她體現了「英國富裕家庭」、「外交官獨生女」、「有如洋娃娃的美少女」在眾人心目中的印象，那與社會上普遍將御宅族描繪成對服裝或髮型都不在意的形象，或者騷包過頭的另一種御宅族形象都相差甚遠。

英梨梨身邊那些對她抱有幻想的人，並不能接受她畫二次元插圖，還跟豬哥一樣看著圖陶醉的行為。

另外還有一點……

英梨梨有個跟她正好相反，可以說「實在太像御宅族」的伙伴(倫也)在身邊，對她而言……不，對他們彼此而言，或許也是種不幸。

無法否認的是，對於身旁不理解御宅族的眾人來說，他們倆的組合形成了讓人不快的反差。

……儘管英梨梨大概一輩子都不會認同那一點。

不過，隨著英梨梨長大，那種令人排斥的形象逐漸轉淡了。

她從原本就是御宅族的父母那裡學到了「御宅處世之道」，也慢慢懂得用「2D美少女的裝扮心機術」來烘托自己，逐漸將自己的角色路線拓展成「當御宅族亦可的女生」。

只不過，小學時期留下的心靈創傷，當然不會因為那麼一點改變就能夠抹滅。

「換句話說，小時候的抑鬱，就是妳的創作原動力吧？所以，妳才會傾心於最容易讓一般人看了皺眉頭的情色漫畫。」

「沒有啊，因為畫十八禁題材最好賣嘛。」

「……是我自己太傻，才會想盡量體諒妳的成長背景。」

詩羽一邊傻眼地嘀咕，一邊將蓋在眼前畫架上的布摘下。

與上週看到時相比，那幅完成度與香豔度都更上層樓的美少女&觸手插圖，看起來實在不像出自注重營收／人氣的平庸之志，讓詩羽差點對自己的審美眼光失去信心。

「可是要說的話，妳也一樣吧？」

「我並不是因為想要大賣才寫作……」

「但妳也沒有打從心裡抱著什麼高遠的志向，比如想讓讀者幸福、想盡量讓他們忘掉痛苦，妳在寫作時才沒有那些想法吧？」

「……為什麼妳可以那樣斷言？」

「畢竟妳一點都不喜歡別人，不是嗎？倒不如說，妳根本瞧不起大部分的人嘛。」

「呃……」

『妳又懂什麼呢？澤村同學……』當詩羽正準備好好地駁斥英梨梨時，她猛然打消念頭。

……這就代表，她現在才發現自己有這種「想好好駁斥對方」的念頭，那即使被講成瞧不起人也難辭其咎。

「妳的書可以感動讀者，單純是出於能力、出於才華吧。」

「唔……」

「簡單說，妳純粹是用自己的筆法，在打動別人的情感呢……」

「澤村同學……？」

英梨梨出乎意料的反擊讓詩羽愣了一會兒，她難得處於被動。

「那當中沒有妳的真性情，也沒有熱忱。妳都抱著某種醒悟的心態，因此才能冷靜地下筆，才能抓準節奏將情境炒熱。」

雖然從英梨梨之前的窩囊德性來想，那些話倒也像心有不甘，單純是她不服輸在嘴硬……

「光會讓自己融入作品的作家，實在不可能有這種火候。」

即使如此，唯有在此時此刻，詩羽並沒有像之前那樣硬是打斷對方，也沒有開口否認，而是帶著耐性保持沉默，等待英梨梨把想講的話全部講完。

「就算妳融入其中，也是經過計算的。妳掌控著自己對自身作品的感動，藉此計算要怎麼寫出好作品。」

因為，那些話肯定是英梨梨認真給她的意見……

「上妳的當，真是虧大了……」

也因為，那是來自上當者（被作品感動的人）的感想。

「像妳這麼厚黑的人，不可能會用真性情寫小說。妳不可能會將自己的體驗、自己的血肉割下來販賣……」

更因為，那肯定是出於創作者的意見。

「被原本就是靠二次情色創作賣錢的作家這麼說，我也不痛不癢呢。」

「要妳囉嗦。」

哎，不過詩羽聽到最後還是不忘反擊。

「但妳的意見很有意思。從某個角度而言，或許是最高的讚美。」

「我並沒有讚美妳喔。」

「可是，假如我可以隨心所欲操控讀者的感情，以作家來說不就所向無敵了嗎？」

「……也對啦。」

「然而事情並不會那麼順利，畢竟作家也分成很多種，就是因為不會那麼順利，成功的人才會只占一小部分。」

「……不過，如果只操縱一個讀者，那就不算難事了吧？」

英梨梨的視線裡又補了一分幽怨回來。

「……這話是什麼意思？」

詩羽承受其視線，自己的目光也添回一分凶猛。

「只聽一個人的意見，讓故事全照著那個人的希望演變，並且越來越傾心於自己……妳就是打著那樣的算盤對吧？」

「妳說……什麼？」

「妳想把男人玩弄在手掌心對不對……就靠那種小技巧！」

「澤村同學，聽妳這種想用情色勾起男人慾望的人講這些話，我也不痛不癢！」

於是，發展至此，這兩個人就停不住了……

「欸，我還是跟妳問清楚好了。妳跟倫也到底是什麼關係？」

「那是我要說的台詞。妳究竟從什麼時候就跟他認識了？」

「那、那已經太久以前了……我才不記得！」

「唔？澤村同學，之前妳提過『自己的第一次要給誰』，難不成就是……」

「妳、妳妳妳妳說什麼啊！」

「妳剛才不就說了！自己想嘛，短短幾（參照第七十三頁）十分鐘前，在走廊。」

「我不曉得！我什麼都沒說！」

「怎樣，青梅竹馬？你們兩個果然是青梅竹馬嘍。」

「是又怎麼樣！」

「……都、都說人與人之間的情緣並不是看時間長短嘛。」

「……一見鍾情要冷掉，聽說同樣只在一瞬間呢。」

「青梅竹馬在動畫或電玩裡大多只有輸的分耶。」

「由年長角色擔任第一女主角的作品只占一小撮喔。」

「金髮外國人通常都是為了選角平衡才安排的三線四線角啊。」

「黑長髮角色都好沉重，感覺會讓男主角陷入不幸呢。」

「對主角來說真正沉重又形同累贅的是青梅竹馬才對吧！」

「青梅竹馬梗已經用過了！妳當作家的居然還炒冷飯！」

「…………唔。」

「…………唔。」

『不該是這樣的……我明明不是來找她吵架的，我在做什麼啊……』

『哎喲，明明戀愛節拍器的作者就在眼前，我在搞什麼……』

『唉，再也沒機會跟她聊那本影印誌的事了呢。』

『看來我這輩子都要不到她的簽名了。』

『不過……』

『話說回來……』

『這個女生好糟糕喔。』

『這個女人好糟糕耶。』

終章

九月中旬，放學後夕陽照進視聽教室時，終於開始帶著微涼的風。

「欸，怎麼回事？劇本在這個週末完全沒進度嘛！」

……話雖如此，室內會響起彷彿能讓涼爽空氣在轉眼間磨擦生熱變回酷暑的高八度嗓音，也是司空見慣的事。

「欸，我就是在說妳，霞之丘詩羽！妳可以說明這到底是怎麼回事吧。」

聲音的主人是個女生，正站在教室中央，擺著一副自己所站之處就是世界中心的態度，虛張聲勢地……不對，氣勢洶洶地想讓自己麻雀雖小的身材看起來雄偉一點。

「……我還有社團以外的工作，這是眾所周知的事實吧。」

相對的，還有陣感覺跟乾冰一樣散發著白霧的聲音，彷彿能讓摩擦生熱的金屬在熱燙狀態下瞬間結凍。

「再說我已經和社團代表商量過，也得到了允許……可是卻有無足輕重的末端人員特意要在雞蛋裡挑骨頭，難道這不是所謂的越俎代庖嗎？」

「啥！」

啊，之前或許也提過，可是她的人格並沒有像乾冰一樣白喔。是黑漆漆的才對喔。

……先不管那些，聲音之主是個冷血……不對，冷靜的女人，正待在教室窗口邊，擺著一副自己所在處即為世界特異點的態度，不必刻意強調就能彰顯她處處都豐滿有料的身材。

虛張聲勢的少女叫澤村·史賓瑟·英梨梨。

冷血的女性則叫霞之丘詩羽……啊，形容詞都錯了。

「就算妳事先講過了，像那樣擅作主張還是會給我添麻煩啦……我今天原本要替新劇本的角色設計造型的，妳東西沒完成就不能動工了。」

「看是要替既有角色多添幾張表情，或者先畫既有劇情事件的草圖，排給妳的工作多到有剩不是嗎？我倒覺得光是調動一下動工順序，根本不會耽擱到作業吧？」

「我的腦袋已經進入角色設計模式了啦！切換要花一整天耶！」

「但我覺得責任都歸結在妳自己不會管控風險喔。」

哎，雖然對話的內容疑似情況急迫，不過對老手（哪方面？）來說，仍然感受得到某種溫馨嬉鬧氣氛的當下，是放學後的社團活動時間。

為迎接即將來臨的冬COMI，我們的遊戲製作社團「blessing software」……啊，這段說明應該不用了吧[參照序章]。

總之，在今天這個一週之始的活動日，詩羽學姊的劇本照原本規畫應該要完成，但她今天偏偏連一個位元組的進度都沒有。

呃，其實詩羽學姊這邊在上周六已經先跟我講過了，因此算起來是沒有把事情轉達給原畫負責人的我有錯。

所以，我明白自己原本在這種場面應該要介入她們之間並且誠懇地賠罪，好讓事情有個收拾才對。

然而我遲遲沒有下定決心幫忙緩頰，是因為背後另有一層隱情……

畢竟，陪詩羽學姊到和合市取材的人，坦白講就是我……

「基本上，妳在這週末到底忙了些什麼，霞之丘詩羽？」

「我說過自己有社團以外的工作吧。我去了和合市，好為輕小說新作取材啊。」

「真的嗎？肥不出戶的妳會去取材？……哎呀真抱歉，足不出戶才對。我稍微口誤了，呵呵呵。」

「……澤村，那從口頭上完全聽不出是錯什麼字，妳有必要特地改口嗎？」

「啊……」

在那個瞬間，我腦裡似乎不知何故地接收到神諭開示：「啊，不妙了。」

總覺得，上天的聲音正在提醒我，某人輕易中了英梨梨剛才那句沒營養的挑釁，會有讓事情變得更複雜的風險……

「我、我說啊，英梨梨，還有詩羽學姊……與其爭論那些，還不如先忙工作……」

因為如此，內心莫名不安的我闖進她們倆之間，打算盡快收拾這個局面……

「反正，既然妳說妳去了和合市，就把證據亮出來啊！亮證據！總有取材的照片之類吧？」

「雖然我不覺得有必要特地把取材資料交出來……也好，那我就用在那裡吃飯的餐廳名片來證明……」

「好啦，英梨梨！這樣妳也能接受了吧？所以這件事到此打住……」

「……欸，霞之丘詩羽。」

「這樣妳懂了嗎，澤村？我在週末確實有去和合市……」

「……這上面寫的『海洋HOTEL』（參照FD第一三四頁）是？」

「不是說過到此打住了嗎！」

我看某人肯定是良心犯啦……

無論在誤用或正確意義上都一樣。（註：日文中的「良心犯」常與「故意犯」混用）

「怎麼辦，倫理同學？之前和你一起在和合市進賓館的事情，好像被澤村發現了。」

「什、什、什什什什……啥～～～！」

「並沒有！才前面一小截而已，不對，我只有到入口！」

「啊啊啊啊啊啊啊啊啊啊啊啊啊～～！」

……後來到再次開工前大約浪費了三十分鐘的時間。

※　※　※

「簽名板？」

「……由澤村和我簽？」

「嗯，既然參加冬COMI的事敲定了，就當作是誓師嘛！」

於是，三十分鐘後。

誤會解開後英梨梨終於冷靜下來了，惹哭英梨梨的詩羽學姊也怨氣全消，我就遞了一塊什麼也沒寫，而且潔白如新的簽名板到她們面前。

「中間放英梨梨的插圖，右邊則是簽名；然後，左邊再給詩羽學姊簽名……啊，插圖角色就畫巡璃！」

「什麼？還要我畫插圖喔？」

「畫個圖沒關係吧？這會成為社團所有人的寶物啊……」

「那你打算將社團共有的簽名板擺在哪裡裝飾呢，倫理同學？」

「……哎、哎呀～總不能放視聽教室這裡嘛，呃，逼不得已嘍～～我們還有相當於第二個社辦的地方，就擺那裡吧。」

「……換句話說，要擺在倫理同學的房間對不對？」

「什麼嘛，根本就是你獨贏、我們雙輸的交易……倫也，到時候你該不會把那塊簽名板拿到網拍網站上去賣吧？」

「我哪有可能做那種事！妳以為妳們兩個的聯合簽名，對我來說價值有多非凡！」

「倫也……」

「倫理同學……」

沒錯，柏木英理和霞詩子的合作簽名，對任何一邊的粉絲來說都是令人垂涎的珍品，假如同時是她們兩邊的粉絲，應該就會當成空前絕後的至寶了。

「……雖然我為了釐清價值有多高，可能會把東西放上網拍看看。啊，但我只要知道結標價就會立刻自砍ＩＤ溜掉，所以妳們放心吧！」

「……你那樣是不是更惡質啊？」

「你不配叫倫理同學了呢，敗類同學。」

「總之拜託啦！我希望我們社團能留個什麼實質的代表性物品……」

換句話說，我也不免俗地一直在守候機會想得到那空前絕後的寶物。

哎，社團總召跟成員討簽名確實相當不合禮節就是了。

可是，假如我想光明正大地得到這兩個人的合作簽名，就會落入必須另請外人來任用她們倆搭檔工作的兩難處境……

「哎，倫也，真拿你沒辦法。」

「澤村，那種口氣不行。妳強烈散發出自甘墮落的女人味……」

結果，不曉得她們了不了解與我密切的那層隱情……

英梨梨噘嘴表示答應，詩羽學姊則輕輕地戳了戳我的臉頰，然後表示答應。

「謝、謝謝妳們！那馬上……」

於是，當我與高采烈地準備從筆盒中拿出簽名筆的那個瞬間……

「啊，既然這樣，如果可以的話，能不能也替我畫一張？」

「…………」

「…………」

「…………」

「這、這樣太厚臉皮了嗎？對不起。假如對澤村同學來說負擔很大，光簽名不加插畫也是可以……」

「不、不會啦，惠，畫插圖是沒關係……」

「對啊，簽個名不算什麼的，加藤學妹。只不過……」

加藤，妳怎麼不知不覺就出現在這裡了……

這麼說來，也沒什麼不知不覺的，其實今天最早來參加社團活動的是她才對……

「那我去一趟便利商店，把額外要用的紙板買回來喔。」

「好啊，妳也不用那麼急啦。反正還有時間。」

「那、那個，惠！」

「嗯？怎樣，英梨梨？」

「……方便的話，能不能麻煩妳……多買一塊紙板？」

「……不好意思，加藤學妹，買兩塊。」

「英梨梨？學姊？」

「…………」

「…………」

「……嗯，我明白了。那我出門嘍。」

※　※　※

就這樣……

澤村．史賓瑟．英梨梨和霞之丘詩羽。

柏木英里和霞詩子。

豐之崎兩大美女以豐之崎兩大創作者的身分相識一年後……

她們倆，終於如願以償地拿到彼此的簽名了。

然後
龍與虎
向天宣戰
Saenai heroine no
sodate-kata Girls side

序章

「妳就是霞詩子，沒錯吧？」

「……我才想請教，妳哪位？」

除夕。東京Big Sight東館即將於幾十分鐘後舉行冬COMI的第三天活動。

詩羽若無其事地將自家社團blessing software的攤位推給別人去布置，自己則漫步於大量人員與物資來來往往的館內，結果在多走約五十公尺就能回到社團攤位區的通道上，有個貌似年長的陌生女性向她搭了話。

換成平常，原本就有溝通障礙……不，原本就不太喜歡跟人有密切交集的詩羽，在這種時候都會拋下一句「我現在很忙」就匆匆離去，這次她卻難得留步，直盯著對方瞧……雖然那種態度無庸置疑地也有溝通障礙的調調。

「籌備委員會裡，有對妳支持到會去參加簽名會的狂熱粉絲在。我剛從那裡聽到消息的。」

「粉絲？」

「是啊，他可是在委員會總部大呼小叫地說：『blessing software的霞詩子真的有來耶！』」

「…………」

「啊，我並不會到處宣傳，所以請放心。只是想找妳談一下而已。」

「……妳也是籌備委員會的人？」

「不，我也只是個粉絲。」

詩羽一瞬間就看穿了對方的謊言。

要說是單純的粉絲，這個人在和心儀作家講話時未免太坦然了。

對詩羽而言，所謂「單純粉絲」是指沒人主動搭話，也會在一碰面就針對作家的著作滔滔不絕談個沒完，還一臉如痴如醉地替自己下定論，卻又過度拘泥於「作家與粉絲間要保持距離」的倫理觀的那種人……

……哎，雖然她的認知也相當偏頗，即使如此按常理來想，眼前的女性仍不像單純粉絲。

那名女性看上去大約三十歲左右。個子稍矮的苗條體型。長長的頭髮綁在後面，呈現出略偏中性的氣質。

對方的語氣和態度好似在為那樣的第一印象背書，感覺格外隨和，即使詩羽有溝通障礙……性情比較難伺候，對方照樣能在初次見面時跟她好好說話，可見其器量有多大。

那樣的氣質，和詩羽堪稱唯一能放寬心交談的某位成熟女性（町田苑子）也有相近之處。

不過，儘管雙方可以如此溝通，詩羽心裡卻從剛才就一直響起不明警訊。

「所以，妳有什麼事？我差不多該回社團了。」

「可以的話，我想請妳在這上面簽名……不知道行不行？」

「那東西，妳是從哪裡弄到的？」

「哎，我運用了一些人脈和情報網，妳懂吧？」

「妳……」

警訊出現的理由之一，大概是因為，對方的言行舉止全像這樣帶著出人意表的心思，讓詩羽無法掉以輕心。

那名女性遞來的確實是霞詩子的作品，然而那並非霞詩子在外界的代表作《戀愛節拍器》。

不僅如此，實際上那款作品的製作成員名單中根本沒有霞詩子的名字。

貼在市售廉價ＤＶＤ外盒的文字貼紙表面，有標題《cherry blessing～輪迴恩澤物語～》低調地躍然於上。

原本應該要到十點鐘，也就是再過幾分鐘才能拿到那部作品。（comike開始）

現階段，那應該只有交樣本給活動籌備委員會，以及分給鄰攤做公關而已，外流的數量屈指可數。

「久違的美少女遊戲讓我玩得很高興……充滿了搔到癢處的懷念感呢。」

「……妳已經玩過了？」

「目前只跑完一條劇情線而已。」

而且，對方那種不知用意為何的攻勢仍在持續。

除了社團成員外，目前玩過這款在全世界只有個位數流通的遊戲，還已經過關——雖然只跑完一條劇情線的人——在世界上肯定絕無僅有。

不，何止如此……

「再怎麼說也不可能吧？」

「妳那樣覺得？」

撇去詩羽不擅交際的個性不提，她會像這樣抨擊初次見面的人，其實也在所難免。

對方拿的那款遊戲《cherry blessing》，劇情文字量超過2MB。即使單論附屬女主角的一條劇情線，文字量也輕鬆超過500KB，分量以同人軟體而言堪稱大作。

因此，那款遊戲一個小時前剛運來這裡，在目前的時間點就算要跑完一條劇情線，以常識來想並不可能。

然而……

「我會希望劇情快轉的速度再快一點。要是那樣，我最少還可以多跑完一條劇情。」

「……難道妳把文字全部略過，只看CG？」

「怎麼會，劇情內容我都有讀喔。」

「拜託，再怎麼說也不可能……」

「妳覺得我騙妳？」

「…………」

「人活得匆促，就能辦到這點事喔。」

「……妳那樣玩遊戲，是對作品的褻瀆。」

「的確，我享受遊戲的方式也許並不合乎製作者的安排。不過，我都會盡力讓遊戲過程貼近原味。」

「我說過了，那根本不可能……」

「配樂第一次播放時，聽完一輪就要先記在心裡。然後，從樂曲長度，還有劇情場景的文字總量來推算每一幕所需的遊戲時間，我就可以在腦裡將時間軸重組成和正常玩法等速。」

「妳在說什麼……？」

「那樣一來，我還是可以接收到製作者想表達的演出效果……哎，這套作法只在我個人的時間軸管用，很難向別人說明就是了。」

「……妳說的話，我一點也不懂。」

「反正，我並不鼓勵別人有樣學樣。畢竟不是任何人都辦得到。」

無論讓誰來評理，都會覺得詩羽的主張才正確。

對方所說的遊戲方式，和動作遊戲或ＲＰＧ的快速通關技巧不同，每個人都可以效法。

但正常來講，在這個世界上……應該沒有人能用那種方式來享受文字冒險遊戲的劇情甚或演出效果的樂趣才對。

「妳在向我找碴？」

「我剛才也說過吧，我單純是霞詩子的一個粉絲。」

「根本是隨口託詞……」

「還有，我也是柏木英理的粉絲喔。」

詩羽的背脊竄上了一陣寒意。

好比被蛇用舌頭舔過背後，既不舒服又令人發毛，而且噁心，同時，還帶了一滴滴的刺激。

「妳是……什麼人？」

對方沒有回答詩羽的問題，只從口袋裡掏了一張名片，然後遞到詩羽眼前。

「下次再見嘍，老師……」

接著，在詩羽反射性地收下名片後，對方就像沒其他事一樣地轉了身，隨即走進人群中。

詩羽瞄了那張名片一眼……結果，她並沒有露出驚訝臉色或其他的強烈反應。

她只是會了意似的，彷彿從一開始就明白那樣，神色平淡、釋懷，同時也帶著充滿厭惡感的苦澀表情杵在原地。

那張名片上，沒有頭銜。

不，錯了。

其實對方的名字，就是頭銜。

『紅坂朱音』。

ACT1 平靜的停滯

一進入二月。

冬天應該就快要結束，卻遲遲感受不到其遠離的沁寒夜晚。

「欸，倫也。」

「嗯？」

「等這張圖畫完，我們要不要去哪裡玩？」

「只要妳不嫌出門麻煩就行啦……」

「我一年裡也會有一次想要出門的時候啊。」

「頻率太低了吧……」

「總之，你去還是不去？」

「哎，不管怎樣都要等忙完再說。結束後看妳要去秋葉原或那須高原都行。」

「喂，我受夠那須了啦。」

「啊哈哈，也對。」

「我這邊大致就那樣。掰嘍。」

「嗯，掰掰。」

英梨梨掛斷那通沒什麼內容，卻又無可取代的電話以後，還是恍恍惚惚地朝自己的手機望了一陣子。

她的臉上，並不像平時那樣脾氣毛躁，也沒有流露出樣板性質的火爆情緒，更沒有嬌羞到全身酥軟，只顯得淡定……由於這樣敘述會失去區別性，所以要訂正成「平靜的臉色上只帶著淡淡微笑」。

雖然不曉得英梨梨臉上浮現的是餘裕、充實或滿足……呃，到頭來這幾項都差不多就是了。

總之，英梨梨漫無邊際地跟剛才講電話的對象……也就是倫也聊得很興起。

換成在八年前，她那樣總是會被家長訓斥：「差不多該吃晚餐了，快掛上電話。」

直到這陣子，由於彼此之間有長年累月的隔閡，她就算那樣也不敢討價還價：「再講一下下啦……」

「好！」

英梨梨用全身享受那有了一點點進步、也有一點點任性的日常活動以後，便在吆喝的同時再一次面對書桌。

面對她直到剛才都在逃避的書桌。

於是乎……

英梨梨深深體會到，在剛才講電話的那段時間裡，這個世界、這個現實還是沒有任何改變。

「咦？咦？奇怪了……」

當時明明畫得出來……

在那須一個人孤孤單單地努力的那個時候，我明明畫得出來啊……？」

英梨梨那句自言自語中，有她自己也沒注意到的語病。

由旁人來看，其實她畫得出來。

頭一張圖，花不到十分鐘就完成了線稿。

而且，作畫的流程由旁人來看，同樣精湛迷人。

運筆自然，線條俐落。

在已臻化境的繪圖流程中，工夫扎實的草稿正逐漸完成。

轉眼間完成的那張畫，是個萌感十足、萬分可愛、一如柏木英理往常水準的美少女。

「……這什麼啊？」

可是，英梨梨卻把那張畫工可比名家境界的草稿揉成一團，然後嘆了口氣扔進垃圾桶。

後來，英梨梨的挑戰又持續了一會兒。

她慢慢運筆，細心再細心地完稿。

再試著反其道而行，大刀闊斧地隨意揮灑。

最後還摘掉眼鏡，在看都看不清楚的情況下作畫。

然而……

「這算什麼嘛……」

當中的任何一張，都無法讓英梨梨得到絲毫滿意。

因為那是柏木英理去年以前的畫風。

因為那是柏木英理過去的殘骸。

因為那不是「新柏木英理」去年在那須高原開眼後的畫風。

因為對新的柏木英理而言，產出那樣的平凡畫作何止令人羞愧，甚至還讓她覺得醜……

※　※　※

二月上旬，傍晚時分的視聽教室。

「那我現在就去一趟辦公室。」

「blessing software」按例在放學後舉行的社團活動，短短十分鐘就結束了。

話雖如此，最近有活動的日子大多像這樣。

畢竟遊戲完成了，冬COMI……也暫且不提，委託店家代售（雖然首批出貨已經瞬間賣完）的銷售活動已經開始。

而且社團成員（今天也）沒有到齊。

更重要的是，眾人該討論的內容……全無進展。

「聽好嘍，倫也。你別多找藉口或發表主張，也不要猛講話，只顧道歉就行了喔。要是隨便回嘴，說教會永遠停不了的喔。」

「……我明白了。我這就去學習吃敗仗。掰。」

坦白講，還有一個理由是社團代表帶了遊戲軟體到學校，結果在突擊檢查被抓到，現在得去辦公室接受約談。

「真是的，沒事還被抓到小辮子……」

英梨梨目送了粗心大意的社團代表的背影，自己倒沒有準備收拾回家，而是從包包拿出漫畫開始看，像在打發時間。

「……倒不如說，那是不是單純看運氣？假如違禁品檢查不是在2—B（倫理同學他們班）而是在2—G（妳那班）實行，現在應該就是妳去辦公室了喔，澤村。」

「妳很囉嗦耶……」

如此這般，英梨梨明目張膽地在學校裡把違禁品攤開來看，就被另一邊已經收拾好準備回家的詩羽搭了話。

「倫理同學帶來的遊戲軟體，基本上就是要借妳的吧？我不會說這是池魚之殃，但你們完全算共犯嘛。」

另外，倫也被沒收的遊戲軟體名稱叫《雪稜彩光～white halation～》，那是英梨梨曾經嚷嚷：「沒訂到初回特典版～～！」的遊戲。

「我在學校裡有我的形象啊～～」

「這陣子好像嚴重露餡嘍。妳再不設法補救，是不是就要東窗事發了？」

「妳可以回去了啦～～真的很囉嗦耶。」

英梨梨堅持不理詩羽那幾句沒誠意的忠告，只顧專心看漫畫。

「我才想問妳，社團活動結束了還不走嗎，澤村？」

「別人的事，妳用不著管吧。」

「難道妳在等倫理同學？」

「……我忠告過了喔，妳不用管。」

「妳之前都擺著『一起放學回家要是在朋友間傳開會很不好意思』的架子，在別人面前連話都不跟倫理同學講，這會兒友好度和心動度倒是大幅上昇了……不過妳知道嗎？心動度一提高，炸彈會變得容易爆炸喔。」

「我跟妳不一樣，不會放風聲批評別人，所以沒有問題！」

當然，無論英梨梨怎麼裝蒜，詩羽在心理戰方面沒道理輸她……

「妳果然是在等倫理同學。結果等到夜深了，他還是沒回來，落單的妳氣得把教室裡的桌子全踹翻，然後邊哭邊回家……唉，受冷落型的青梅竹馬真可憐……」

「才不會那樣呢！他有跟我約好馬上就回來！」

「哦，你們有約好啊？什麼時候？偷偷約的嗎？」

「唔……」

沒錯，詩羽會設下一層又一層的圈套，逼得對方無處可逃，然後窮追爛打地……不對，抽絲剝繭地展開攻勢。

然而……

「……妳有意見嗎？」

「……並沒有。」

詩羽感受到，英梨梨的反應明顯和去年以前不同。

以往只要拿倫也的事情來戲弄、吐槽、逼迫英梨梨，她立刻就會理智斷線鬧到雞貓子喊叫，外加眼淚盈眶，最後再否定自己和倫也之間的關係。

然而從今年起，英梨梨在理智斷線、雞貓子喊叫、眼淚盈眶以後……

「霞之丘詩羽，我要和誰一起放學回家，跟妳才沒有關係。」

「我確實不介意，但如果真的被其他朋友看見，妳要怎麼辦？」

「會因為那樣就管東管西的人，妳覺得以後還能當朋友嗎？」

「……那倒也是。」

到頭來，她絕對不會否認自己和倫也的關係。

她不會在最後這一環賭氣。

就算被戲弄，就算吵架吵輸，就算被惹哭，她仍懷著某種雀躍、某種愉悅、某種自負。

那就像傲嬌的黃金比例已經瓦解，在英梨梨身上，是小而巨大的變化。

然而……

「換個話題，澤村……」

「這次又怎樣了？我跟妳已經沒什麼好說……」

「新包裝版本的圖，什麼時候能完成？」

「…………」

然而，英梨梨那樂陶陶的模樣……

看在詩羽眼裡，卻不能不疑心：她是不是拋開了另一項現實？

「或許新圖確實不是非畫不可。不過，是妳自己開口說要畫的吧。」

「……我知道啦。」

她們的社團「blessing software」所製作的同人遊戲《cherry blessing～輪迴恩澤物語～》，在今年冬天創造了小小的傳奇。

製品版來不及在冬COMI完成，一個月後委託店家代售，原以為能讓求購者都買得到的該款軟體，一千套在當天就全數售罄，現在更接到了好幾倍的補貨訂單。

於是「blessing software」在一炮而紅之後，正計畫要替下批出貨的商品換新裝。

但新裝版目前卻因為「諸多因素（英梨梨狀況不好）」，至今還未能確定到貨日期。

「我不會叫妳別沉溺在男人懷裡。畢竟我自己也有那種經驗，倒不是不能理解……」

「我才沒有沉溺在男人懷裡，而且妳那經驗談是假的吧！」

「可是，無論在同人或商業領域，工作都該好好完成。妳是個創作者吧。」

「……我只是年底得的感冒還沒完全好。恢復原本狀態後立刻就能畫……」

「明明元旦後都已經過了一個月。」

「哼，請一個月病假在我小時候是家常便飯啊！我還曾經住院耶！」

「妳現在不是小朋友了吧。」、「那根本是小孩子用的藉口」、「邊打點滴邊工作的作家可是數不勝數的喔」……對詩羽而言，逼迫英梨梨的詞要多少都有。

「……那妳快把病養好吧。」

「不用妳說，我自己也知道。」

即使如此，詩羽並沒有對英梨梨滿是破綻的論述挖瘡疤，只帶著微妙的臉色和態度，把對於她的疑惑保留於心。

詩羽果真感受到，英梨梨的反應明顯和去年以前不同。

以往的英梨梨才不會這麼輕言放棄。

她挑戰過截稿日的死線好幾次，每次都會設法在火燒眉睫的情況下驚險趕上。

而且，就算作品的質或量稍微下滑，給周遭添了麻煩，以往英梨梨都會自己負起責任，才不會找藉口。

到了今年，英梨梨卻……

『不，就像她自己說的，她只是生了病才變得懦弱。』

目前，打從心底湧上的那些負面疑念，詩羽硬是藏到了內心。

然後她用全心全意，去相信英梨梨那些其實根本得不到信任的說詞。

詩羽相信，英梨梨肯定很快就會變回原本的柏木英理。

等溫暖的春天一到，英梨梨的身體肯定也會康復。

沒錯，只要等春天一到。

等詩羽自己從豐之崎學園畢業的那一刻……

「對了，澤村，你從剛才就在讀什麼？」

「《雪稜彩光～dear my old friend～》……麻里子（青梅竹馬）劇情線的衍生漫畫版啊。」

「……妳真的只有在那方面始終堅定不移耶。」

ACT2　西風的氣息

「馬爾茲？」

「嗯，就是大阪那家遊戲公司。就算小詩只對讀書和年紀小的男生有興趣，還是聽過吧？」

「……請不要把我說得像遠離塵世的正太控。」

二月中旬。

在不死川書店平時那間第二會議室。

新作《純情百帕》預定在幾天後上市，前往討論簽名會事項的詩羽，在那裡聽身兼責任編輯與Fantastic文庫副總編的町田苑子女士聊到了意料外的話題。

「馬爾茲推出的遊戲中，有個系列叫《寰域編年紀》。就算小詩妳只對讀書和年紀小的男生有興趣……」

「那段詞可以免了。」

「然後呢，他們想找人參與製作那款遊戲。」

「他們是誰？」

「馬爾茲。」

「找誰參與？」

「霞詩子老師。」

「…………」

「啊～～說到這件事為什麼會找上不死川，其實我們公司原本就有在《寰域編年史》系列湊一腳。改編輕小說和ＭＯＯＫ誌都是交由我們推出，哎，賺頭還不錯。」

「我想問的倒不是那一點，妳也明白吧？」

「……我懂。」

事情真的出乎意料。

別說詩羽，位於大阪的家用遊戲公司馬爾茲，在玩過遊戲的人之間可說無人不曉的大廠商。

而且，他們所推出的《寰域編年史》，在玩過ＲＰＧ的人之間更可說是知名到無人不曉的奇幻ＲＰＧ系列大作。

像那種每部作品都能賣出幾十萬套的ＲＰＧ，會找上每集賣出十萬冊的作家，以銷量而言或許不能算門當戶對，然而……

「為什麼《寰域編年史》會找上我？」

「……正常來想，都會有那樣的疑問吧。」

一邊是奇幻RPG，另一邊則是戀愛輕小說作家，這種組合連外行人看了都會皺眉頭。

「難道說，他們是想委託我改編以角色為焦點的輕小說？比如描寫主角團隊日常光景的那種療癒系故事。」

「不對，假如是那種小事，我就會輕鬆回絕：『要接這項差事可以，不過書會在遊戲發售一年後才上市喔。』……」

「拜託妳不要用那種方式回絕廠商，因為作家的風評也會受牽連。」

就在此時，町田咳了一聲清嗓，然後改掉方才的輕浮態度……

「……他們想請妳擔任最新作的劇本主筆。」

「……嗯？」

她告訴詩羽的，確實是用輕浮態度說不來的委託內容。

「消息目前已經在我們公司的上層間瘋傳了喔……」

「所以說，為什麼會那樣？」

「畢竟《寰域編年史》系列的版權，原本就是各家出版社搶破頭都想拿到的嘛，假如不死川的專屬作家能參與那種搖錢樹大作的遊戲製作，好處簡直說不完。」

「拜託，我問的不是那個……還有妳自然而然就把我當成專屬不死川的作家了，請問這又是怎麼回事？」

「我和小詩感情這麼好不是嗎！就算妳被同人害得遵守不了截稿日，我不是也睜一隻眼閉一隻眼嗎！」

接著，忍受不了長時間擺嚴肅態度的町田露出極限了。

「將我和奇幻ＲＰＧ湊在一起本來就莫名其妙了，還拔擢我當劇本的主筆，我倒覺得莫名其妙也要有限度。」

「拔擢這個詞通常都用在莫名其妙的人事異動。像我當上副總編也是。」

「町田小姐，妳也覺得我不可能勝任吧？」

「…………」

「町田小姐？」

町田面對詩羽的問題，臉色複雜得像在透露：「真不甘心，可是……」且毅然決然地搖頭。

「我認為霞詩子的才華，並不會侷限在那麼狹窄的類別裡。」

「唔……」

換成平時，詩羽或許會說：「好好好～～妳醉了妳醉了。」並把那些話當成浮誇的社交詞令應付過去，然而……

「我曉得妳勤於努力和研究，還有一邊寫小說一邊又能保住全校第一名這種令人不爽的真面目，所以會忍不住想對上面的人說：『寫奇幻ＲＰＧ對她來說不過是小菜一碟喔。』」

「……妳想讓我接這份工作嗎？」

「哪有可能嘛！」

「町田小姐……」

然而在這種多誇獎何止不討好，還只會勒緊她們自己脖子的狀況下，聽到町田小姐那樣說，其可信度與害臊度便相當可觀……

「是我發掘妳的耶。我們一直用兩人三腳的方式努力到現在的耶。事到如今，卻被那種像是第二部才忽然出現的新首領占走便宜，我哪有可能接受嘛。」

「可以了，不用再強調了。」

因此，詩羽只能一邊紅著臉和眼睛，一邊安撫突然激動起來的町田。

「我絕不想讓妳接這工作。可是，這個案子的規模……憑我一人之見是沒辦法打回票的。」

町田看了詩羽的表情，自己也有些後悔似的低頭，最後講話音量更是變得幾乎讓人聽不見，還大聲地咬牙切齒。

「不過，我還是沒辦法釋懷。為什麼會找我？」

「那我也不知道啊。所以妳只能先跟對方見個面，直接把理由問清楚。」

「可是我是小說家喔。為什麼要委託我參與遊戲製作……！」

於是，當詩羽自己闡明疑問，把前提說完的瞬間……

她腦裡便隱約浮現居於幕後者的真面目了。

「町田小姐……具體來說，委託我的人是哪一位？」

「……對方熟知同人與商業領域的大小事，連見不得光的事情都摸得一清二楚，是專家級的投機生意人喔。」

沒錯，只有一個人。

知道詩羽同時也是遊戲劇本寫手，又對那款作品讚賞有加的人。

「紅坂……朱音……」

「原來……妳早就曉得了啊。」

詩羽並非原本就知情。

不過，處處都可以找到提示。

對方是波島伊織率領的「rouge en rouge」首屆代表，如今對社團仍有極大影響力。

以結果來說，詩羽自己所屬的「blessing software」和對方槓上了。

而且那名人物或許在詩羽他們將遊戲完成前，就已經頻頻採取動作。

「那麼……小詩，妳該不會連這件事都曉得吧？」

「這次問的……又是指什麼？」

「在你們社團裡，不只劇本寫手，連插畫家都要一起被挖角了喔。」

「那……」

然而，對方在去年夏天首度出招時，目標並不是詩羽……

「聽說他們也發案給柏木英理了……」

※　※　※

「是嗎，原來他們也有找妳談……」

「所以案子真的也有發到妳那邊嘍，澤村？」

地點是從學校回家路上，那間常去的木屋風格咖啡廳。

時間是放學後的下午四點。

日子則是二月下旬的某個平日。

「嗯……聯絡我這邊的是馬爾茲的研發部部長，姓氏叫種本……Ｗｉｋｉ上有寫到，他就是『寰域編年紀系列的總負責人』，所以我想並不是詐騙。」

在那種平時要嘛會投注於社團活動，要嘛就趕快回家忙「工作」的時段，認同彼此為天敵且隻身到此碰面的，正是社團「blessing software」裡特別不合群的兩個人……澤村・史賓瑟・英梨梨和霞之丘詩羽。

……話說這部中篇就是以她們倆為主，之後不用再特地加寫這種麻煩的小說人物介紹了吧。

「那麼澤村……妳回覆對方了嗎？」

「還沒有。」

「是嗎……」

英梨梨難得接到詩羽的電話，又難得答應赴約，當然不是因為詩羽再過幾天就要畢業，她們打算放下彼此過去的疙瘩和解，發誓「畢業後也會一直當好朋友」，沒那回事。

只是詩羽有事情非得向英梨梨確認罷了。

而且，英梨梨對詩羽要找她確認的事也心裡有數。

「畢竟，我以前都只有畫女生，題材又都是十八禁……就算突然叫我擔任《寰域編年紀》的角色設定……」

「會嗎？那款遊戲的最大賣點就是角色，我倒認為找柏木英理並不是錯誤的選擇……哎，實力云云暫且不提。」

「就是啊，假如不把實力先擱到一邊，我完全、絲毫、一點都不能理解他們為什麼會找上霞詩子！」

然而，所謂的「心理有數」，並不是指彼此的實力云云……

「不過，問了妳以後，我總算釐清了……幕後黑手就是紅坂朱音。」

沒錯，她們倆見面，是為了交換彼此同時被大力拔擢為《寰域編年紀》製作班底的情報。

「那麼澤村……妳有什麼打算？要接下嗎？要拒絕嗎？」

「還問我有什麼打算……難道妳在猶豫？」

「……沒錯。」

英梨梨的反應對詩羽來說，大致和預料中相同。

她愣愣地睜大眼睛，彷彿被那樣問才令人意外似的直望著詩羽。

其眼裡顯露的是些微訝異、少許傻眼和一絲絲責備。

看來對英梨梨而言，關於「成為大作RPG的主要製作班底」這種待遇破格的委託，似乎從一開始就沒有「接下這案子」的選項存在。

面對對方有誠意的邀聘，她好像只是在煩惱「要怎麼拒絕才不會傷和氣」。

詩羽看了英梨梨那樣的反應，在她心裡來去的則是些微安心、少許苦笑，還有……

「哎，嗯，霞之丘詩羽，妳會猶豫也是難免啦……畢竟妳都快要畢業了，看上的男人卻把心都放在我……放在其他女生身上，理都不理妳，以後妳就算選擇一輩子只顧工作又永遠單身，還淒涼地獨自在酒店說一些『男人算什麼～～！』的醉話，也一點都不奇怪嘛。」

「為什麼妳能這麼自然地戴上對自己有利的有色眼鏡來看待事情？」

還有一絲絲不滿。

「原來如此，妳那邊還牽涉到不死川書店啊。」

「畢竟我從出道後就一直受公司的照顧。」

「對喔，那就有點麻煩了……」

英梨梨得知詩羽（非男女交往方面）的隱情後，露出了以她來講算難得在關心仇敵的態度。

「哎，我頂多只會被迫和對方見面，所以還不算太嚴重……」

「可是，直接碰面不就糟了？起初妳明明想拒絕，對方卻趁妳去洗手間時在飲料裡亂下藥，於是妳談到一半就變得腦袋昏昏沉沉，回神後人已經在賓館房間即將被插入，還嚇得大叫：『咦？等一下！不可以不戴套！』……會不會發生這種狀況？」

「為什麼話題會不知不覺中變成在討論妳的十八禁同人誌劇情編構？」

「好啦，不扯那些，要是妳聽了對方開出的條件會不會動心？」

「可是我在金錢方面並不愁……哎，雖然不像妳那麼優渥就是了。」

「先不談錢，比如企畫內容似乎不錯，感覺會成為不錯的資歷，或者製作班底中有其他厲害的成員……」

「當角色設計的第一人選是柏木英理時，就可以知道製作班底能耐有限了。」

「唔，我、我也是因為劇本的第一人選找上霞詩子才拒絕的！」

順帶一提，英梨梨得知負責劇本的人選是在短短十分鐘前。

「哎，不過能添這樣的資歷確實滿吸引人。」

「雖然說，那是替紅坂朱音做牛做馬的資歷。」

「……或許吧。」

在御宅界工作的她們倆從以前到現在，對紅坂朱音的名字、成就與實力幾乎都已經聽到不想再聽的程度。

當然，那在正面和負面意義上都有。

據說紅坂朱音本身的光環太強烈，會讓伙伴或下屬都相形失色。

據說她不只講究作品的品質，在宣傳方面出意見或出錢也都毫不手軟，只要是為了讓自家作品大賣就不會有任何妥協。

據說她要求的水準太高，爭執到最後，憤而出走或因此崩潰的創作者從來沒少過。

「……要不要我跟妳一起出席？」

「澤村妳嗎？」

「嗯，然後，我們一起拒絕就可以了吧。」

既然有那樣的人物在幕後牽線，會擔心獨自赴約以後，就算毅然拒絕也沒辦法讓這件事輕輕鬆鬆了結，在某種意義上或許也算理所當然。

「可是，即使我們屬於同一個社團，妳跟我依然是個別受邀的啊。」

「但對方明顯就是衝著我們社團來的啊，不是嗎？」

「要是那樣，說不定我其實該找倫理同學陪我才對。」

「找、找倫也？」

「畢竟他是社團的代表，找他商量合情合理吧。」

「話、話是那樣說沒錯啦……」

「談判難有進展。馬爾茲那邊陸續開出好條件猛攻。於是，就在我『死了心』準備答應時，他忽然站起來這麼對我說……」

『詩羽學姊……以往，我一直都在逃避。

我傲慢地認為只要永遠保持這樣的關係就行了。

可是，如今學姊說不定要離開我的身邊，我才終於發現。

『……我要的，只有妳一個……！』

「才不會～～～！」

「妳敢說不會？妳能斷言百分之百不會有這種發展？」

即使詩羽被光速掃來的雙馬尾毫不留情地賞耳光，還是語氣堅定地將英梨梨的吐槽駁回去。

「敢！因為要跟妳一起去的是我！又不是倫也！」

「可是，妳去有什麼意義……」

「現在再多添其他煩惱，會害他病倒吧！就算沒那些事情，惠最近不來社團就已經讓他一直在苦惱了！」

「……哎，也是。」

『雖然說，我想讓倫理同學煩惱的可不只加藤而已喔。』

詩羽硬是忍住想如此脫口的吐槽，然後重新面對英梨梨。

「反正呢，由我陪妳去！我會把妳保護好以免出什麼奇怪的狀況，所以妳放心吧！」

「我說過了，妳用不著擔那麼多的心。」

「就算妳走了，對我來說也不痛不癢，但倫也會困擾吧！」

「可是……」

對詩羽來說，獨自赴約其實輕鬆得多。

如果只有她，無論對方拿出什麼條件，她都有信心獨力判斷，導出對當時最妥當的答案。

可是，換成英梨梨……

儘管實力頂尖，卻無法將自身能力駕馭自如，上進心更似有若無，對區區一個男生還依存到才華受其左右，身為創作者軟弱至此的她要是一起赴約……

「記得是這週六對不對？地點約在哪裡？假如在不死川書店的會議室，我倒是去過一次。」

「澤村……」

因此，詩羽應該拒絕讓英梨梨陪同才對。

假如要兩個人一起推掉委託，讓詩羽獨自去拒絕會好辦許多。

但是……

「妳要跟來無妨，新包裝的插圖畫完了嗎？」

「出出出出門一天進度又不會差多少！」

「……是嗎？」

詩羽在最後一刻遲疑了。

她並不是對自己的堅定度沒有信心。

只不過，她對英梨梨的現狀、選擇及將來沒有信心。

ACT3　上天弄巧

「走這邊，澤村。對方說是在這裡的頂樓。」

「喔，這真是……」

二月下旬，最後一個週六的下午。

假日（只要沒有被某個男人找去）總是窩在家的兩個家居型女生，今天難得約在外頭碰面。

「好像是在那裡頂樓的和式餐館，已經用馬爾茲的名義訂位了。對方叫我們自己過去。」

「喔～那可真是……」

「妳的口氣好拐彎抹角耶。」

「因為對方擺明想給我們下馬威嘛。」

「是那樣嗎？」

兩人站在都內飯店的大廳。

「這裡頂樓的和式餐館，是指御影亭吧。那家店光用午餐就要上萬圓，人氣卻高到連幾個月後的位置都全訂滿了喔。」

「妳還真熟悉。」

「我爸爸招待本國來賓時常會在那家店消費啊。小時候我也被帶來過幾次。」

而且正如英梨梨所說，假如做個「古今東西的日本高級飯店」特輯，這裡會排在五名內並且讓主持人驚嘆：「定價不菲吧？」

「哎，霞之丘詩羽，平常都吃垃圾食物的妳大概不懂吧。」

「……妳這冒牌英國人平常還不是都喝瓶裝紅茶配炸薯條。」

「才不是炸薯條呢，那要叫chips！chips才是薯條的英式稱呼！」

「妳氣的是那個？氣稱呼？」

彼此明明都很有錢的兩人一邊聊著亂有平民味的話題，一邊搭上天花板高得沒意義的電梯，然後按下頂樓的按鈕。

為了前往應有馬爾茲公司成員在等著的那塊地方。

「所以，妳的責任編輯呢？」

「聽說她今天缺席。除了客戶以外，就只有我跟妳。」

「表示對方愛怎麼發揮就怎麼發揮嘍。」

「……或許吧。」

不死川書店是在昨天表明不只町田不會在場，公司也沒有任何人會陪同。

而且那並非由町田本人告知，而是總編輯親自來電。

詩羽接到那通電話時，當然也馬上就感受到英梨梨想像的那些政治性心機手段。

「我看他們都覺得要拉攏一兩個高中女生，只是小事一件。瞧不起人嘛……明明以後要一起工作，真讓人反感。」

「反正妳都要拒絕了，有好感也只會尷尬不是嗎？」

「要怎麼給那些人難看呢……啊，先從挑剔菜色開始好了。比如說：『哎呀，這道鵝肝的滋味比以前遜色呢。是不是進口貨呢？』」

「少裝了。妳明明連鵝肝和雞胗都不會分。」

「雞胗我還分得出來啦！就那個嘛！咬起來口感嘎嘰嘎嘰脆的對不對！」

「布爾喬亞一般不會用那種古怪的擬聲詞。」

基本上鵝肝是法國料理的食材，而且要用進口貨才道地，對於這些，詩羽都姑且不提了。

※　※　※

「兩位請小心腳邊……」

一進店裡，可看見廣闊得不像大樓室內的整片庭園。

有小溪流過，上頭架了橋，水裡有鯉魚悠游，添水的竹筒聲響起，然而暖氣卻開得夠溫暖，營造出玄機重重的氛圍。

……以上感想，或許是詩羽對接下來要見面的對象心有成見才抱持的臆測。

「這邊請……另一邊的客人已經到了。」

兩人被帶著在長廊上走，最後終於抵達最內側的包廂前。

詩羽和英梨梨不經意地看了彼此的臉，並且互相點頭，然後幾乎在同一時間走進房裡。

「啊，我已經先開始吃嘍。」

「…………」

「…………」

結果，總覺得房間裡的光景和她們想像中不同。

菜餚已經上桌……不，何止如此，先到的客人早把自己的分吃得精光，應該用整片杯盤狼藉來形容才對。

擺在桌子中央的一公升酒瓶幾乎已經見底。

而且，八成是獨自釀出那種慘狀的元凶正自顧自地坐在上座，依然拿著杯子大啖酒菜。

「妳們坐啊，儘管吃儘管吃。今天不講規矩。」

「……就算那樣，多少還是該有一些禮節吧？紅坂小姐。」

「咦！這個人就是紅坂朱音？不會吧！」

外表看來在三十歲左右。

個子稍矮，體型苗條。

長頭髮綁到後面，氣質略偏中性……倒不如說，她目前的舉止完全像個大叔。

「有什麼關係嘛，麻煩死了。反正今天只有我們三個。」

「可是，我聽說今天是要和馬爾茲公司磋商……」

「那些傢伙在只會添麻煩啦。反正他們根本推翻不了我決定的事。」

「欸，霞、霞之丘詩羽……」

「怎樣？」

「這個人，真的就是傳聞中『那個』紅坂朱音嗎……？」

「不要問我啦……」

對於用失禮的言行待人這一點，詩羽和英梨梨都略有自信，然而對方的舉止卻足以一下子就將她們的自豪（？）連根拔起。

雖然那種優勢在這場交涉中能不能帶來好處，倒是令人大有疑問。

「好久不見，霞老師。妳要不要也來一杯？」

「妳究竟是什麼意思？」

「嗯～～？」

詩羽打斷了忽然向高中生勸酒的朱音，也沒有就座，只是俯視著眼前沒禮貌的中年女性並且冷冷地擠出聲音。

「我今天會來這裡，是因為馬爾茲無論如何都希望能促成這場飯局，本來不想奉陪的我聽了不死川書店央求，不忍心讓大家面子掃地才答應的。」

「這種走後門的招式很過分對不對～～妳是不是覺得大人好卑鄙？」

「……沒錯，目前我正是那麼認為。要是妳往後還用現在這種態度，我想我也有可能在開始談之前就告辭。」

「好啦好啦，稍微包涵一下。畢竟這一週來，我都沒有好好地進食或喝酒。」

「啊？妳在說什……」

「聽說妳們只有今天有空……所以我今天早上才終於將東西趕完。」

說著，朱音從自己的包包裡拿出大信封袋，然後將那甩到桌上。

「啪」的沉沉一聲，顯示出信封袋所裝的東西分量。

「這是……？」

「用三十分鐘讀完。我會趁這段空檔再補給一點營養。」

「等一下，我們來並不是為了跟妳講這些……」

面對體裁明顯像研發資料的文件，詩羽和英梨梨困惑地看了彼此的臉。

然而，朱音似乎完全不打算理會她們倆的反應，又找來女侍另外點了酒菜，然後再點菸進入徹徹底底的休息模式。

「欸……現在要怎麼辦？」

「還能怎麼辦……總不能現在就回去。」

完全不知所措的兩人一邊望著眼前的目中無人之輩，一邊仍看似不得已地就座了。

不，或許她們確實覺得不得已，可是，或許也無法斷言她們心裡並沒有另一種情緒。

畢竟，擺在她們眼前的……

『寰域編年紀最新作（暫定）企畫書（第一版）二〇××／〇二　紅坂朱音』

肯定是業界行家的心血結晶。

「有意見的話不用客氣。但如果不值一聽，我就會狠狠訓妳們一頓。」

「等一下！我們還沒說要看……欸，霞之丘詩羽，妳幹嘛打開信封袋啦！」

不知不覺中就被詩羽拆開的信封袋裡，一如所料地裝滿了成疊的厚厚紙張。

「咦，妳不看嗎，澤村？」

「可是，看了不就……」

「……妳不想看嗎？」

「………」

面對那份文件，兩人依然掩飾不了臉上的躊躇之色，然而到最後，她們的「本性」讓她們用發抖的手翻頁了。

從頭一頁讀上一會兒，內容都是在列舉概念圖。

由一張圖，就能感受到那世界的遼闊、高遠與深度。

由一張圖，就能感受到那世界充斥的所有色彩。

由一張圖，就能感受到人們居住在那世界的生活氣息。

「………」

「………」

兩人只是默默地翻頁。

不，英梨梨不知不覺中已經拿掉了夾著整疊紙的長尾夾，開始把插圖在房間裡排開。

然後，她一會兒站著望向那些圖，一會兒又趴到地上凝視，一會兒還把圖透著燈光端詳。

詩羽則一面精讀以文字擬稿的設定，一面態度焦躁地開始抖腳，還頻頻撥弄頭髮，嘴裡更念念有詞地嘀咕著瑣碎的感想。

待在現場的，只剩對著美味飼料垂涎的幸福創作者，而不是對無禮客戶感到憤怒的來賓了。

※　※　※

「所以，妳們的意見呢？」

不知不覺中，朱音指定的三十分鐘早就過了。

「…………」

「…………」

詩羽和英梨梨想講的話在心裡堆積如山。

然而，讀完文件以後，兩人都在猶豫該不該說出口。

她們遲疑，自己該不該對這種規模浩大的企畫出意見。

她們更怕一旦表示意見，就會被看穿自己對這項企畫已經有了興趣。

「妳讓我們看這份文件……是有什麼打算？」

因此，詩羽好不容易擠出來的詞顯得無關緊要，只有拖時間的作用。

「我要妳們去死。」

「啥！」

因此，朱音不允許詩羽藉詞拖延，又進一步開口相逼。

「這是值得妳們殉身的作品……接下來的一年中，我要妳們為這部作品不停思考，為這部作品而活，為完成這部作品奉獻出生命。」

「妳忽然講這什麼話啊！」

英梨梨的怒吼，也顯得欠缺以往的魄力。

因為她已經了解到了。

這項企畫，這部作品……

在鼎鼎大名的紅坂朱音手下，才有如此直破天際的潛力。

「柏木英理。」

「唔……」

紅坂朱音頭一次轉到英梨梨這邊，將目光投注過來。

以單純喝醉的女人而言，那目光太過銳利強烈，充滿了足以令人折服的魄力。

「在『cherry blessing』的最終劇情裡，有七張ＣＧ和妳過去的筆觸完全不同吧。這次的角色設計就走那種路線。」

「咦……」

英梨梨曾經從詩羽那裡聽說，紅坂朱音似乎玩過她們製作的遊戲。

然而，之前她始終沒有抹去那只是為了客套才在表面上恭維幾句的疑心。

「我要妳們像『那時候』一樣，再次燃燒生命……假如做不到，把妳們找來就沒有意義了。」

「拜託，我根本沒說要入伙嘛！」

英梨梨想都沒想到，會被對方看透得這麼深。

「不過，既然妳畫出了那種圖，那個社團就容不下妳了喔。」

「咦……？」

「照這樣下去，社團代表遲早會無法善用妳的才能；妳所追求的水準，也會越來越遠離他們的實力，進而傷害彼此，到最後……」

「才不會那樣！」

真的，英梨梨想都沒想到。

鼎鼎大名的紅坂朱音會將「blessing software」和柏木英理懷有的問題，看得如此深遠。

「然後，或許勉強能跟上目前的柏木英理的人，就是妳了，霞詩子。」

「什……」

「我期待妳能扮演觸媒的角色，激發她的本領。況且，繪師在成長期本來就容易心靈崩潰，希望原本就有交情的妳可以給予支持。」

詩羽此時受到的衝擊，更勝英梨梨……

不，她全身都被屈辱感控制了。

「要我當……澤村的跟班……？」

「《cherry blessing》的劇本確實有感動到我。不過，假如柏木英理不入伙，那我倒沒有堅持錄用妳一個的理由。」

「唔……」

詩羽曾是柏木英理的粉絲。

對於柏木英理筆下的畫，女孩子表現出的可愛，還有亮麗，她自恃要比任何人都喜歡。

然而，她不可能樂見自己的價值透過柏木英理被人否定。

「霞、霞之丘，詩羽……？」

「…………」

嘴唇頻頻顫抖的詩羽，被英梨梨用畏懼似的眼神仰望著。

明知如此，詩羽目前卻改不掉自己負面的態度。

畢竟只要是創作者，被評為低人一等就不會默不吭聲。

「我、我不接這份工作……」

仍帶有怯色的英梨梨望著詩羽，擠出了那句話。

「所以，妳去找其他插畫家啦……」

因此，連在場的人都無法了解英梨梨是為了誰才拒絕。

「這樣啊。既然妳不接，我現在就當場燒了這份企畫書。」

「……妳那樣，是在威脅我們？」

「哪兒的話。不過，這項企畫從一開始就是以柏木英里的圖為前提而設計的。現在明白做出來的成品無法超越原先預期，那再多花工夫也是枉然。」

不知道朱音是否明瞭兩人的心理，她臉上何止完全沒有遺憾之色，還一邊露出詭異笑容，一邊吐出瘋言瘋語。

「……這不是簡簡單單就能捨棄的東西吧。就算是我，也看得出裡面灌注了多少心力啊！」

「只要是做這行的，白費心力的狀況根本碰都碰不完啦～～」

朱音一面撂下這些話，一面用配不上餐點價格的邋遢吃相，大啖她之前加點的菜，好補充有可能浪費掉的心力。

「我啊，想製作自己能百分之百樂在其中的作品。為此就算多少付出犧牲也算不了什麼，妳們說對吧？」

「妳就是像那樣挖走了許多創作者，再對他們施壓，害他們崩潰，對不對……？」

被朱音看上而成為明星的創作者，可說不勝枚舉。

不過正如詩羽點破的，被朱音看上卻無法滿足她的期待，因而走上崩潰一途的創作者，光是可知人數就有成功者的好幾倍。

因此詩羽和英梨梨淪為失敗者的可能性，自然高得沒話說。

「假如是因為認真奮鬥才搞垮身心，我願意照顧妳們一輩子喔。反正我開的事務所就是用來養那種人的公司。」

「那樣子，對創作者來說稱得上幸福嗎……？」

「那是每個人要自己思考的問題。要把創造作品當成生活的糧食，就不應該來我的身邊。然而，如果目的在於用作品實現自己的野心，豁出全力求勝直到身心交瘁也是合情理的吧。」

「唔～」

駭人聽聞。

令人作嘔。

其論調太有人味，反而感受不到人性。

「我……我辦不到那種事。」

「澤村……」

因此，最先挫折的，果然是在場最軟弱的少女（英梨梨）。

「要說的話，這項企畫棒雖棒，我也非常感興趣……可是，現在的我承受不了這種壓力。」

「我並沒有對妳要求多高的水準就是了。只要妳保持在那須……不對，只要妳保持在那款遊戲終盤的繪畫水準……」

「我沒辦法！我畫不出來！」

英梨梨連對方把她在那個冬天，將自己逼到身心俱疲才達到的境界講成「沒有多高的水準」都沒有發現，就已經哭喊似的叫了出來。

「怎樣？怎麼了嗎？妳暫時陷入創作低潮期？」

「才不是暫時！我已經到極限了！我再也畫不出那樣的圖了！」

「澤村，妳別……」

在此瞬間，詩羽用了規勸的語氣打斷英梨梨那句話。

無論她有多支持英梨梨，也不會擁護剛才的那句發言。

因為英梨梨輕易地替自己設了限。

然而……

「啊哈哈哈哈哈哈哈哈哈哈哈哈哈哈哈哈哈哈哈哈哈哈哈哈哈哈哈哈哈哈哈哈哈哈哈哈哈哈

哈哈哈，別瞧不起繪師啦～～妳這三腳貓！」

「啥！」

結果，瞬間代詩羽開口激勵打氣的人，卻是眼前的仇敵。

「妳才剛要成長嘛～～只蛻變一次，就說自己陷入低潮期？妳把繪師的工作看扁了吧。」

連詩羽聽了都傻眼的粗魯用詞，活像男人的口氣。

「其實呢，我原本期待的是比妳目前再高兩個層次的圖！但我硬是忍了下來，客客氣氣地叫妳維持目前水準就好，結果妳居然敢拿翹！」

而且，她對創作者的要求之高、口氣之大……

「那才不算什麼低潮期啦～～！妳就是隻三腳貓！妳只是沒辦法畫得又穩定又好！單純是妳的畫技跟不上要求！」

那種懷念的感覺，簡直就像某個人。

「然而，一旦妳畫出好東西，眼光就會變刁，再看自己的圖就會認為：『這不是我要的～～』……哎，學會知恥也算有一點長進嘛。啊哈哈哈～～」

不，就算是「某人」，也不會將英梨梨臭罵到這種地步就是了。

「別說了……妳別再說了……！」

「請妳節制，紅坂小姐……！」

太耳熟的臭罵方式讓英梨梨完全亂了方寸，只能捧著腦袋垂頭不起。

詩羽則用全身護著那樣的英梨梨，還把她摟到身邊，嘴唇頻頻顫抖且眼露凶光。

可是，兩個高中女生所展露的情緒，自然不可能打動眼前的怪物級創作人……

「哎，柏木英理的圖要像這樣吧？我記得是這種畫風對不對？」

口氣終於稍微變回女性的朱音又從包包裡拿了一疊紙，拋給她們倆。

「……這是…什麼？」

「啊，啊，啊……」

那疊紙，將她們倆打入了混亂、絕望……

以及歡喜的漩渦中。

《cherry blessing～輪迴恩澤物語～Prologue　紅坂朱音》

超過一百張的那疊紙，是同人原稿。

那無庸置疑是出自「職業人士」紅坂朱音筆下的漫畫作品，卻也無庸置疑是同人創作。

「我說過啦，我被妳們的作品打動了。妳還不相信嗎，霞老師？」

「可是，可是，這……」

那是《cherry blessing》的二次創作。

從倫也企畫、詩羽撰寫劇本、英梨梨操刀原畫的遊戲獲得啟發……不，近乎原味呈現的漫畫作品。

換句話說，就是同人改編漫畫。

「妳、妳這是做什麼……！」

「咦～～？妳們也會玩二次創作吧。像我也有收柏木老師出的《雪稜彩光》本喔。」

「這才不是那種水準的創作吧……！」

沒錯，那份原稿在各方面的水準都很離譜。

一般而言，同人作品不可能會有二次創作。

就算有，也僅限於超越商業作而締造出「傳說」的作品，目前沒道理會有同人作家發癲拿「blessing software」的作品當題材。

在商業界貴為女王的紅坂朱音會瘋狂到傾注全力在上頭，就更加沒道理了。

「等一下……妳花了多少工夫畫這些啊……？」

「呃，我只有初一到初三能放假，就先畫了分鏡，剩下的是在工作之餘抽空慢慢完成。」

只要是稍微有御宅類嗜好的人，都會知道紅坂朱音的工作量。

她才沒時間、也不允許有時間畫玩票性質的同人，何況是無法在販售會上賣，只能用來和寥寥幾人分享的原稿。

「要用柏木英理現在的畫風畫漫畫滿費工的就是了……以前的畫風明明兩三下就可以模仿。」

最要緊的，是那份同人原稿的品質。

當中看不到同人界常見的鉛筆圖，而且每一頁都上了墨線，頭四頁還放彩稿，連背景都絲毫沒有偷工減料，完全出自紅坂朱音的手筆。

更要命的是，那活生生就是《cherry blessing》。

無論圖和故事，都收攏於漫畫範疇中，構築出新的作品世界。

沒錯，包括圖在內……

「柏木老師，如何？妳的圖是這個調性對不對？」

「……唔。」

為了將內容畫成漫畫，那確實將英梨梨原本的畫風改動過。

然而，其成果無庸置疑地是衍生自英梨梨當時全力以赴的畫風。

雖然有稍作簡化，但造型、筆觸、效果處理，顯然都效法了英梨梨的畫技。

更重要的是，英梨梨發現了那些圖能與原作者並駕齊驅的理由。

「我都畫得出來了……像這種程度，妳當然也畫得出來吧。」

「啊，啊……」

「澤村……！」

明明不願承認，明明不能承認，英梨梨卻不得不承認。

因為，其「靈魂」是相似的……

明明，那只是差勁透頂的神○病女人發癲撥空畫出來的作品。

正因為那是發癲的天才動員了所有本領畫出來的作品。

「啊，啊，啊……啊啊啊啊啊啊啊啊啊啊啊啊啊啊啊啊啊啊啊啊啊啊啊啊啊～～！」

ACT4　風雨後的寧靜

「……欸，澤村。」

「怎樣啦？」

「妳打算在這裡待多久？太陽要下山了喔。」

「囉嗦……要是妳那麼討厭待在這裡，自己先回去不就好了。」

「之前，妳不是剛得過重感冒嗎？」

「妳真的很囉嗦耶……」

和馬爾茲的商談……應該說，和紅坂朱音的對決一下子就結束了。

兩小時的過程中完全沒談到工作規劃或酬勞等契約方面的事，光是聽醉鬼大放厥詞，然而，那卻在她們倆之間帶來了酣於頂級美酒般的酩酊感。

因此，她們倆離開飯局後，都覺得無法就這麼獨自回家，現在正望著台場的海醒酒。

「……我才不接喔。」

「不接什麼？」

詩羽當然明白英梨梨話裡指的是什麼。

「在那種胡作非為的女人底下做事，哪有可能悠哉畫圖嘛。」

正因為彼此心知肚明，英梨梨也沒有回答詩羽的問題。

「不是我自誇，基本上我就是沒有協調性。」

「那真的不叫自誇，還是鐵錚錚的事實。」

「妳還不是跟我差不多。」

「也對……」

詩羽將目光從手放欄杆望著海的英梨梨身上移開，並且用自己的背靠著欄杆，仰望眼前的台場ＡＱＵＡ〇ＴＹ。

現在四樓的noitaminA〇賣店大概正在舉辦搶先上映會。

「基本上，我從四月起就讀高三了，要我奉獻出一整年根本腦子不正常。她想讓人落榜重考嗎？」

「可是，妳現在看起來就完全沒有準備要應考耶。妳真的想升學？」

「囉、囉嗦。再說，我現在……」

「畫不出來？」

「…………」

「單就那一點而言，我倒是贊同紅坂朱音的意見……不對，我希望贊同她，這樣說可能比較正確。」

「幹嘛替那種人撐腰！妳都不會不甘……！」

「我都不會……什麼？」

「……沒事。反正，這份工作我不接。」

詩羽當然也明白英梨梨吞回去的下半句話是什麼。

「欸，澤村，假如妳是在體貼我，可就太雞婆了喔。」

「……我不是說過沒事了嗎？」

正因為彼此心知肚明，英梨梨又把喉嚨裡那句話吞得更深。

「妳必須憑自己的意志，決定自己要怎麼做。」

「我剛剛不就說過了。這份工作……」

「不對，妳剛才只說了無法勝任的理由……」

「什……」

「妳什麼都還沒有決定。包括自己之後要怎麼做、要成為什麼樣的人；妳想繼續當創作者，或者……」

「別說了！」

像這樣，詩羽才講到一半就被激動地打斷，因此她很能理解。

英梨梨其實什麼都還沒有決定。

「妳想讓我去參加那項企畫？妳想叫我辭掉『blessing software』嗎？」

「沒那回事……」

「難不成妳想來陰的？等我離開社團，妳自己再偷偷回去說：『要惦記那個叛徒多久呢？已經五年了喔。』然後像地雷女一樣在那傢伙身邊糾纏不停……！」

「我說過了，我沒那個意思……假如想偷跑，基本上我隨時都辦得到喔。我才不覺得自己有必要繞那麼大圈子跟妳玩陰的。」

「每次只有嘴巴上說得厲害，卻總是踏不出最後一步還挖洞給自己跳的龜縮女好像在發表什麼高見耶～」

「…………」

「…………」

兩人的目光依然沒有交會，對話也像彼此的視線一樣呈平行線。

但就算如此，這並不代表她們倆的心始終沒有交集。

「我討厭那傢伙……」

「以人性而言，大概沒有人會對她那副德性有好感。」

「可是，那傢伙果然很厲害……」

「坦白講，我只想把那份漫畫原稿帶回家當寶貝……」

「欸，妳能想像嗎？《寰域編年紀》耶，《寰域編年紀》！而且是由我和妳來合作！」

「再加上紅坂朱音。」

「妳也看到那份企畫書了吧。內容到底多緻密啊！哎～完成後不知道會是什麼感覺…」

「說不定還可以期待那變成系列中的最高傑作呢。」

「還有，還有喔！紅坂朱音說過！那份企畫是以我為前提才……啊。」

「……沒關係，澤村。」

「不、不會，對不起……」

英梨梨還陶醉在其中。

因此，應該已經吞回喉嚨裡的話，又稍微冒出來了。

「妳不用道歉吧。反正紅坂朱音會用妳的圖來構想企畫，還為了拉攏妳而找我搭話，又把我比喻成觸媒，全都是對方擅自打的如意算盤。」

「等、等一下。」

於是，英梨梨的粗心，喚醒了她不認識的霞之丘詩羽……不，霞詩子。

「剛才妳是想問我：『都不會不甘心嗎？』對不對？」

「我、我沒……」

「好，我回答妳……我不甘心！非常不甘心！那還用問！」

「～～唔！」

英梨梨認識的詩羽，一向成熟穩重。

她總是拿大人的尖酸、刻薄及毒舌伺候英梨梨，刀子嘴挖苦起來毫不留情。

「被講得像是來陪襯妳這個還沒商業出道的同人繪師，我身為業界人怎麼可能一點感覺也沒有！」

因此，英梨梨為了對抗那樣的詩羽，都會拚命反駁、自我防衛與逃竄。

……而且，她對敵不過詩羽的自己感到安心。

「所以，假如妳要參加這項企畫，心裡就要有準備……因為我會迎頭擊敗妳。」

英梨梨沒看過也沒聽過，更沒有想像過，詩羽會這麼沉不住氣。

「欸，停、停一下……別說了，妳別再說……！」

「好，結束！這件事到此為止。」

「……咦？」

然而，像那樣沉不住氣的詩羽，果然只是曇花一現。

現在的她已經和上一刻不同，臉上泛著平時那種促狹笑意。

「就這樣，我的決心表達完畢了。剩下的由妳決定……再見。」

詩羽輕輕摸了英梨梨的頭兩下，然後朝車站走去。

「妳那是……什麼意思？」

「嗯～～？」

英梨梨望著那道遠離的背影，眼神宛如被拋下的小孩。

「表示只要我接這份工作，妳也會接嗎？」

「哎，確實也有那樣的意思。」

「假如我拒絕，妳也會拒絕嘍？」

「畢竟只要妳拒絕，這項企畫本身就會流產啊。」

「什麼嘛！先叫別人做決定，妳自己的部分卻丟給我判斷？」

「我原本就沒有選擇的餘地喔，澤村。」

最後，詩羽依然背對著英梨梨，戲弄人似的揮了揮手，接著便悄悄地消失在熙熙攘攘的人群中了。

「等一下！霞之丘詩羽，給我站住！講了那麼多話刺激人還想走……咦～～等一下啦！」

即使詩羽走進人群，英梨梨的高八度嗓音仍像超音波一樣傳進耳裡。

詩羽一面聽著那丟臉的叫喚聲，一面露出平時那副「拿妳沒辦法」的苦笑，口裡卻嘀咕著和平時不同的話語。

「對不起嘍，澤村。」

她根本沒有選擇。

早在被紅坂朱音評為「柏木英理的陪襯品」以前，她就無從選擇了。

畢竟，無論《寰域編年紀》或身為創作者的名譽，目前對霞詩子來說都是次要的……

『我希望跟柏木英理再次搭檔。』

因為能讓她實現最大心願的機會，已經自己送上門了。

※　※　※

「朱音小姐。」

「……嗯～」

「朱音小姐，請妳醒醒。」

與英梨梨、詩羽在台場為了心中的苦澀而無法自處，幾乎同一時刻。

讓她們陷入那種心境的始作俑者，正被清澈的帥哥嗓音從舒適夢鄉中拉回現實生活。

「呼啊～～～……咦，伊織？」

「妳怎麼會睡倒了？而且是在這種高級餐館裡。」

朱音猛一起身，和幾小時前商談時一樣，她人在御影亭的包廂。

望向四周，桌上有大量的料理餐盤，地板則有好幾支一公升酒瓶。

看來在招待完客人以後，她「不講規矩」的這頓宴席仍無所窒礙地繼續召開了一會兒。

「呼啊～～……久違一星期的睡眠～～」

「那種生活方式該節制了喔，妳的年紀已經不能太操勞了。」

「反正從今天晚上睡三天回來就行了，沒關係。」

「就算要睡，也別在這裡度過三天。回家吧。」

一邊將朱音賣弄自己沒睡覺的那些蠢話隨便應付掉，一邊規規矩矩地收拾包廂裡餐盤與酒瓶的年輕帥哥，名叫波島伊織。

伊織不會畫圖也不會寫文章，卻被朱音看出有當製作人的資質，因此才會接掌其社團「rouge en rouge」，是朱音目前的頭號弟子。

「等等啦～～伊織。我還要順便在這裡吃晚飯。」

「……就算有客戶馬爾茲買帳，妳也太肆無忌憚了吧……」

此時，伊織忙個不停的手忽然頓住了。

「……朱音小姐。」

「怎樣？」

「被妳叫來這裡的，是霞詩子和柏木英理嗎？」

「……虧你曉得。」

他停頓的手裡，拿著原本掉在房裡角落的一張紙……也就是那份企畫書的部分內容。

「妳說要把那兩個人安插到《寰域編年紀》的主要班底，原來是認真的嗎？」

「對喔，一開始看上柏木英理的其實是你……事到如今，我實在服了你的先見之明。」

「所以說，妳應該有向她們社團的代表先打聲招呼吧？」

「啊～你是指跩去那須高原的男生？那個後宮代表？印象中他的花心程度不輸你嘛？」

「……那只是個人觀感，請不要對外聲張喔。」

假如他的前好友聽見剛才那些話，八成會臉色鐵青地表示：「別拿我跟那傢伙相提並論！」

沒錯，跟伊織目前的表情一樣。

「我有拜託過妳吧。除了不死川以外，也要對『blessing software』盡道義才可以。」

「啊～～你好像講過。」

「……所以說……」

「有什麼關係嘛。不必連同人界那邊都顧道義吧。反正他們能找齊目前的成員，背後肯定也用了很多手段。」

「……某種意義上來說，他們那邊算是從十年前就開始布局了，手段用得久歸久，姑且還是合規矩的喔。」

朱音嫌煩似的一邊聽伊織說教，一邊也找到了還沒喝完的酒瓶，這會兒換成開始找酒杯了。

「基本上，你知道我的性子吧。像不死川那邊也是因為有出資關係，我才照規矩辦事，原本我對那些煩死人的政治顧忌根本甩都不甩的啦。」

「朱音小姐，妳就是這樣才會在業界裡到處樹敵喔。作品大賣時或許還無妨，不過……」

「東西要是賣不掉，我就會乖乖去喝西北風啦。反正我只能在這個業界討飯吃。」

「喝西北風對妳來說八成也是一種幸福，但妳以為現在有多少人是靠妳養活的啊。」

伊織不只替朱音經營社團，也有幫她的公司做事，自然明白朱音現在是多少人的頂頭上司。

正因如此，他更不願意想像紅坂朱音這個人及其品牌垮台時，會在業界掀起何種風暴。

「哎～～總覺得好麻煩耶。」

「都是因為妳想將所有中意的創作人納為己有啊。是妳自己把自己的人生搞麻煩的。」

「好啦好啦，為了好作品啊。你也來陪我。」

「……麻煩請不要向高中生勸酒。」

終於找出兩個酒杯的朱音還沒開始喝，口氣又逐漸變回大叔……男人樣了。

「《寰域編年紀》要脫胎換骨……就靠我，還有那兩個女生。」

結果，朱音自斟自飲喝完了剩下所有的酒，然後便一臉享受地抽著菸躺平在地上。

那副德性和所作所為，活脫脫就是個大叔。

「……聽說妳將過去作品的製作成員全部趕走了？」

「我只是把『翻新製作成員』當成接案的條件，馬爾茲就照辦啦。選擇權都交給對方了，我沒道理要被人指指點點。」

「像妳那樣做，被趕出公司的人當然要說話啦……」

「只要做出比以往更好的作品，旁人就會心服了吧。基本上，你看看那款RPG系列名作在近年來是什麼德性？完全看不到新創意！角色和世界觀老是炒冷飯！以前每一代內容都會變來變去，充滿不知道會跑到哪片新天地的雀躍感，讓我無法招架又愛不釋手的《寰域編年紀》到哪裡去了！」

「……像妳那樣實踐『對本身心愛作品的續作內容不滿意就自己動手做』的壯舉，世上出品的東西遲早會通通變成紅坂朱音的品牌喔。」

「有什麼辦法。誰教寰域舊團隊都不幹活。」

「朱音小姐，妳還是排斥不幹活的那些人啊……」

「我最痛恨的，就是不寫作的作家、不畫圖的繪師、不幹活的企劃總召……」

「而且妳還覺得『越有才能就越不能原諒』。」

「畫得出來就給我畫啊，混蛋！別一直悠悠哉哉地吃老本！不幹正事卻只會在網路上擺架子放話刷存在感的傢伙最好都死光！」

「……呃～那個，話不是那麼說啦。」

「我要打垮那種傢伙，才不會讓他們永遠都好過。我會向他們的風格靠攏，然後把作品做得更優秀，讓那些傢伙失去存在價值。我要他們通通玩完。」

話講到這種地步，伊織已經放棄應聲，還從朱音手裡把酒瓶摸了過來。

即使伊織比常人更有野心，也實在追不上朱音黃湯下肚時吐露的「真正雄心」……應該說，任誰聽了都不敢領教才對。

「結果……寰域舊團隊好像會開新公司，然後製作和寰域編年紀『酷似』的全新作品喔。」

「是喔……呃，這算好事嗎？」

「你看吧，那些有才能的傢伙找回幹勁了。我做的沒有錯。哎，假如他們走不出往日榮華，搞出讓人笑掉大牙的爛玩意兒，還是會完蛋啦。」

隔了一會兒，朱音露出安詳的表情，閉上眼睛。

伊織一邊望著那張似乎三天不會醒的臉，一邊從她的嘴邊拿走菸，然後在菸灰缸捻熄。

「妳講的那些，對目前的我來說規模太大了。」

「是嗎……」

「雖然自私，但我帶社團更希望基於己利。」

「我也滿自我中心的啊。」

「妳的『自我』太廣了啦……無論妳所擁有的、想守護的、當成目標的都一樣。」

「你還不是想拿第一？這點苦要忍住啦。」

「我想輕鬆點耶……那樣就不用把自己逼得那麼緊，也不用抱著那些限制，而且跟同伴會比較有說有笑。」

「…………你想離開社團啊。」

「以往受妳關照了。」

朱音仍閉著眼睛。

因此，那時候她應該不曉得伊織正深深地向她鞠躬。

「不過伊織，你最好記住喔。只要你打算在這個業界竄升，才不會有輕鬆的路讓你走。你只能被人憎恨、被人攻擊並且拚死命地往上爬。」

「……那種麻煩事就交給其他人，我想我會朝類似協調者的定位去努力。」

「要是剛好有搭檔肯替你遮風擋雨就太好嘍。」

此時，伊織微微一笑，朱音當然沒有看到。

「對了，朱音小姐……」

「嗯～～……？」

「仔細一想，或許妳跟他很像……我是指那須高原的那個花心後宮代表。」

「……那我跟他就更勢不兩立了呢。」

朱音說完以後，便再也沒有對伊織應聲。

※　※　※

「來，咖啡。」

「謝謝……」

於是，當天深夜。

和英梨梨分開的詩羽到了不死川書店編輯部一趟。

儘管假日夜晚拜訪的詩羽連個聯絡都沒有就晃到了那裡，彷彿天經地義般地在公司上班的町田仍溫暖地迎接她。

對於把假日上班視為天經地義的習氣本身，詩羽倒沒有打算在此討論。

「是喔……妳的心開始搖擺了嗎？」

「對不起……」

詩羽一邊用雙手捧著紙杯，一邊呼氣吹涼，而且態度比平常更溫順地向町田低頭賠罪。

當然，她並不是因為町田請喝咖啡才這麼客氣。

「就算妳接了那邊的工作，《純情百帕》還是不能停喔。畢竟作品剛起步，接下來正是要拚的時候。」

「我明白。這部作品的起步已經拖晚了，我絕不會再添麻煩。」

這是因為，詩羽似乎會糟蹋町田之前想幫忙抵抗上層，還聲明「絕不讓她接這項工作」的好意，她對現狀感到過意不去。

「那麼，社團那邊呢？妳總不可能兼顧三方面的工作吧。」

「……反正我要畢業了。」

詩羽忽視了內心某處的微微刺痛，卻又將些許的不捨寄於「反正」一詞，然後把話說出口。

「『即使學姊畢業了，我還是想和學姊永遠在一起！』——假如ＴＡＫＩ小弟這樣告白，妳要怎麼辦？妳拒絕得了嗎？」

「咳咳，咳咳……妳是在逗我對不對？妳想取笑別人的反應對不對？」

「我有幾成是真的在擔心耶。」

不過，詩羽那種為賭氣而賭氣的心思，自然瞞不過比誰都了解她的町田，因此詩羽只好硬是喝下咖啡讓喉嚨受熱燙之苦。

「總之，這樣我對不死川書店就算報告完畢了。再見。」

結果，乖巧態度維持不到三分鐘的詩羽又擺回平時不高興的臉色，接著便匆匆站起準備收拾離開。

「……妳見到茜（朱音）了吧？她過得好嗎？」（註：日文中「茜」與「朱音」發音相同）

「難道說，妳們互相認識？」

然而，熟門熟道的町田趁機用一句帶有魔力的話，將壞了心情的詩羽攔住。

「大學時期，我們曾在同一個漫研。還一起參加過comiket喔。」

「町田小姐，我記得妳和我一樣讀早應大對不對……？」

那個瘋癲天才作家對即將上大學的詩羽來說也是校友——衝擊性真相讓詩羽捂著太陽穴自嘆倒霉。

「哎，她從那時候就有自己的社團，在我們漫研這邊算過客就是了……總之她的畫技、作畫速度與妙語如珠，都是從那時候就特別傑出。」

「所以她當時就是那副性格？」

「沒有喔，茜當時屬於典型的龍頭級女性向同人作家。身為大家閨秀的她有點不諳世事，對錢並不執著，同伴意識強，也不太有進取心，感覺只要可以跟志同道合的朋友開開心心做同人就滿足了。」

「……妳現在提的，是那個人嗎？」

「對啊，我就是在講茜。」

這時候，彷彿算準時機的町田從口袋裡拿了一張照片亮給詩羽看。

「我房裡只留了一張照片。」

那張照片似乎是在某場即售會上拍的，算來有四個女性各自擺了姿勢模仿當時女性向同人誌受歡迎的角色入鏡，模樣令人不忍說。

「……町田小姐，妳都沒變呢。」

「妳明知道該看的不是那裡才這麼說的吧。」

有些煩躁地拉高音調的町田指了照片中正央，可以看見有個留黑長髮戴髮箍，似乎前一會兒才見過的文靜靦腆典型女性……

「…………我看完了，對不起，饒了我吧。」

「哎～～對喔對喔！茜當時的髮型和妳現在一模一樣～～啊哈哈。」

詩羽相當反感地將照片推了回去，然後一口氣喝完稍微變涼的咖啡，好讓急促的呼吸緩和下來。

「這是她商業出道沒多久的時候。印象中茜就是在這一年年底從大學中輟，然後正式成為職業人士的。」

町田講話帶著懷念的調調，那表示她以前真的有段美好的回憶，而且現在已經變成回不去的往事了。

「表示說，她就是在成為職業人士以後變了個人嗎？」

「哎，話是那樣沒錯，不過茜是經過一段間隔才變成那樣的。」

「間隔？」

「她的出道作啊，一下子就賣了百萬冊，還在半年內敲定要改編動畫喔。」

「……實在一帆風順呢。」

儘管任誰聽了紅坂朱音的際遇，都只會認為她像灰姑娘……

「太快了……那個時候，她還太年輕。」

然而，她的灰姑娘故事落幕之後，似乎並不是「從此過著幸福快樂的日子」……

紅坂朱音的出道作《五反田的樞機主教》（六聖社），發售半年只出了三集，就讓六聖社這間小出版社達成創社以來銷量首度超越百萬冊的佳績，旋即決定改編成動畫。

頭一次改編動畫的壯舉，讓出版社和作者群情鼎沸，刊載作品的雜誌及官方網站那種衝昏頭的調調，充滿了光看就令人莞爾的亢奮與親切感。

……沒錯，動畫具體開始製作以前是如此。

原本在動畫業界就沒有人脈，更沒有雄厚金主撐腰的小出版社和小作家搭檔以後，一心只顧「作出好動畫」、「希望讓大家收看」，拚了命地「在本身能力所及的範圍」豁出全力，召集了工作成員……

於是，全心想要「作出好動畫」的他們便頻繁在製作現場走動，不停將設定、人物造型、劇情等「原作方面的見解」送交動畫團隊。

過一陣子以後，他們被對方約去商談，卻挨了一頓想都沒想過的教訓。

『我們這邊呢，為了替空下來的節目時段填檔，在根本趕不完的期程內能拚命弄個成品出來交差就行了，就算爛也無所謂。』

『被無法也無意幫忙善後的人挑三揀四，只會對我們造成困擾啦。』

紅坂朱音等人既沒人脈也沒資金，推出的企畫只是被利用來填補節目時段的空缺。其作品從一開始就注定會變成爛動畫。

明明幾乎都是從原作照搬劇情，腳本卻莫名其妙地將大多數重要台詞都糟蹋了。原作的特點悉數消失，人物造型被極度簡化到可說是粗糙的程度。

加上從最初就打定要濫竽充數，根本毫無熱忱的製作成員。

像那樣的爛動畫，當然不可能在一般動畫迷間造成話題，結果《五反田的樞機主教》便獲封「連信徒都棄追的不討好動畫」這樣的汙名了。

動畫的失敗自是不提，對紅坂朱音來說，最慘痛的是作品跨媒體成效不彰，還失去了既有的原作粉絲……亦即她最重視的幾個「伙伴」。

「……唔哇。」

「所以嘍，接下來的五年間，無論作品如何大賣，茜都不答應將內容搬到其他媒體。」

後來紅坂朱音變了。

她將每一部作品都用契約綁得緊緊的，假如出版社想擅自打破規範朝其他媒體發展，她就會立刻把既有作品連同版權一起賣到另一間出版社繼續畫，一直等待時機成熟……也就是自己累積到資金與人脈為止。

這段期間，紅坂朱音並不只持續創作。

她到處尋找有才華的在野人才，一個接一個地將那些人納入麾下。

她走遍業界各個角落，辨明有實力的企業，有時巴結對方，有時則搶走人才。

過了五年……

紅坂朱音之前畫好累積的作品便一口氣在各媒體開花結果了。

那些拓展到不同媒體的作品，全部都是由她開的版權管理公司來統掌。

主要成員是由她自力召集，合資企業也精挑細選，專找「不出意見只出錢」的合作伙伴。

之後近十年，紅坂朱音的多媒體事業從未出現過「失敗」兩字。

「多媒體女王紅坂朱音就這樣誕生了……」

「原來如此……妳想強調她也有那段艱辛的過去？」

「還好啦～～作品被改編成動畫的原作者，大約有●成都是那種下場嘛～～啊哈哈哈哈。」

「抱歉，町田小姐，我就是不希望聽妳把比例說出口。」

「所以囉，茜光因為那樣就改變性情，在心靈方面其實算脆弱。不過才那點挫折就能促使她一路向上衝，反而是她厲害的地方。」

「還有，我現在才強烈體認到『物以類聚』這句成語的可信度，現在我可以離開了嗎？」

「總之呢，因為這樣，不管過程如何，目前的高坂茜(紅坂朱音)個不得了的怪物喔。」

「……哎，我只和她見過一次面，就體會到那一點了。」

「要和她相處……應該說，要和她對抗，假如沒有非比尋常的實力或心靈甚至兩者齊備，就不可能鬥得過那傢伙。」

「或許是那樣沒錯。」

「妳辦得到嗎，小詩？」

「…………」

面對質疑，詩羽並沒有回答。

然而，那並不是因為她沒有自信。

不，儘管她對自己有信心……

只是，詩羽腦海裡浮現了那個金髮笨ㄚ頭哭哭啼啼的臉。

ACT5 在準備室立下的誓言

『啊……』

『恭喜妳畢業……詩羽學姊。』

三月吉日……

豐之崎學園畢業典禮。

無聊的典禮結束，詩羽隨口應付來攀談的同學，好不容易走到校門，便遇見了一個來迎接她的學弟。

『沒想到倫理同學會埋伏在這裡。』

『咦～～學姊認為我是那麼薄情的男人啊？』

兩個人穿過校門，一塊兒走在往車站的路上。

離櫻花綻放尚早，風仍會冷，要稱為離別的季節總覺得不搭調，兩人緩步於那樣的林道下…

『我有話，要和學姊說。』

『咦……？』

『我想過了，關於我……和詩羽學姊的將來。』

『你、你是指……』

『我不甘於只當個學弟了。詩羽學姊，不，詩羽，我……！』

『倫……倫也！』

※　※　※

「呼啊～～……？」

「霞、霞之丘……詩羽？」

「……澤村？」

……「夢境」正來到關鍵時刻，手機來電的嘈雜聲響吵醒了詩羽，她極度不悅地接起電話。

順帶一提，這天是畢業典禮三天前。

「那、那個……妳現在方便嗎？」

「等一下，澤村，妳以為現在幾點……」

「咦，下午三點啊？」

「…………」

此時詩羽才想起，從本月初可以自由決定要不要上學以後，她就關上了百葉窗，每日每夜都過著只顧交互讀書和睡眠的日常生活。

※　※　※

「天色有點暗了呢。」

「……抱歉，忽然找妳出來。」

「沒關係。反正目前是一個截稿日都沒有的奇蹟空檔期。」

打開第二美術準備室的門，即將西斜的夕陽便從窗口直接照了進來。

英梨梨來電問：「現在能不能見個面？」而講好的地點，是在詩羽以為只剩畢業典禮時會去的豐之崎學園校舍裡面。

課已經上完，校內人影稀疏，碰面的兩人避著他人眼光……這倒沒有，但她們誰都沒遇見就窩進美術室裡面的第二準備室了。

「所以妳要談什麼？」

當然，詩羽來到美術社的地頭兼英梨梨的（幾乎算）個人房作客，仍不改平時本色，唯我獨尊地就往房間中央的椅子直接一坐。

「嗯，那、那個……」

詩羽會先找地方坐，都是因為平時光看她擺架子就會嗆起來的仇敵仍杵在房間角落，什麼反應都沒有的關係。

「呃，所以，該怎麼說才好呢……」

「哎，妳怎麼不乾不脆地一副好像要說『我那個沒來』的態度！」

「不是啦，我的那個來了！」

「是喔！那不就好了嗎！」

「……妳在說的『那個』是哪個啊？」

「……澤村，我才想問妳說的『那個』是指哪個？」

「……妳畫得出來了？」

「……好像。」

結果，按照詩羽在抽絲剝繭追問下，從英梨梨那裡得到的情報顯示……

「像那個時候的畫？」

「我覺得筆觸變得很接近了。」

創作的靈思，來了。

去年底在那須高原，降臨於發高燒的朦朧意識，進而促成最後七張圖的才華光芒。

過完年以後，燒一退，跟青梅竹馬和好後便立刻雲消霧散，說來就來說走就走的麻煩能力。

「妳說真的？」

詩羽的語氣，自然而然地加重了力道。

「剛才，我在家裡畫素描，不知不覺就……」

「素描？東西在哪裡？快讓我看！」

「呃，那個……我忘在家裡了。」

「哎喲，妳這迷糊蟲一點用都沒有！」

「妳好凶！」

因為，對於那一點，她八成比當事人更加盼望。

「拿妳沒辦法……回去吧，澤村。」

「等、等一下啦！妳別急著回家！事情還沒有講完！」

「不，現在就是要回去，回妳家！我也一起去！」

「……為什麼？」

「這還用問？不看那張圖，要怎麼知道妳是不是真的脫離創作低潮期？」

雖然詩羽自己也不明白為什麼會焦急成這樣……

即使如此，片刻前還在的睡意已全部一掃而空，她甚至拉起了英梨梨的手想急著確認真相。

「咦，可是……如果要去，我就要先聯絡家裡幫妳準備晚餐才可以。」

「我才不需要用晚餐！」

然而，英梨梨這邊……

剛發表完歷史性大消息，聲稱已經重拾本身失落技術的英梨梨，態度卻始終優柔寡斷，讓詩羽急得懷疑：「她總不會是故意的吧？」

「可、可是我們家好歹也是外交官官邸，晚餐時間找朋友到家裡卻沒準備晚餐，會讓我爸爸沒面子嘛。」

「哎喲，現在那些都不重要，為什麼妳這不識相的小鬼偏要在這種時候搬出平常根本沒在用的千金屬性～～！」

「欸！霞之丘詩羽，妳從剛才真的就很凶耶！」

儘管詩羽對英梨梨態度畏畏縮縮的真正原因心裡有數，但現在的她沒那種餘裕可以顧及對方的深層心理。

「再說，如果只是要看圖，不用來我家也可以嘛。」

「那我要怎麼確認……」

「從現在開始畫不就行了。」

「啥……？」

英梨梨沒理會愣住不動的詩羽，拉出了房間角落的畫架，手腳迅速地將那立在窗邊。

「反正這裡畫具齊全，馬上可以動手畫。」

「可、可是澤村，就算妳馬上動筆，總不可能一下子就畫好……」

詩羽會這樣擔心也是難免。

因為她明白英梨梨從今年起至今的兩個月，總共完成了幾張（0張）圖。

「這個嘛……不好意思，那麻煩妳等我三十分就好……現在四點半，所以是到五點為止。」

「三十分鐘，那頂多只能完成草圖……」

「等我三十分鐘就好。」

「澤村？」

然而……

上一刻仍愛依賴別人的優柔寡斷受虐型女生，已經不在眼前了。

英梨梨立起畫架，調整椅子高度，戴上眼鏡，挑選完鉛筆。

每一個動作都自然流暢，足以登堂入室。

「四點三十七分……準備花了七分鐘……那麼，還剩二十三分鐘。」

「咦？準備的時間不用算進……」

「從現在起，妳暫時別說話喔。」

「澤村……？」

以繪師來說，英梨梨的舉動明明都合乎常理，可是……

可是，卻讓人覺得十分帥氣……

「好了……我要開始嘍。」

「唔……」

在那個瞬間，詩羽似乎聽見了……有某個開關被按下去的聲音。

※　※　※

「啊，啊……」

之後三十分鐘……不，二十三分鐘間的事情，詩羽並沒有記得很清楚。

那簡直就是震撼。

明明只是段看著鉛筆、畫筆在一塊畫布上揮灑的時間。

後來，詩羽卻想不起自己當時想了些什麼。

「啊，啊啊……啊啊啊……！」

一支鉛筆，在一塊畫布上，填入滿坑滿谷的符號與資訊。

與平時相同，作畫主題是美麗的少女。

綁了馬尾，笑容可掬。

樣似正統派美少女，同時也流露出可愛的氣息。

姿態看似文靜，卻又微妙地活潑。

臉上顯得略無自信，但仍露出了溫柔的笑容。

沒錯，《cherry blessing～輪迴恩澤物語～》的第一女主角——

叶巡璃，正準備再次降臨於這間美術準備室。

「…………」

不知不覺中，英梨梨已經進行到上色作業了。

她的手快得讓人看不清……這倒不至於，然而那一道接一道的作畫程序是在忙些什麼，詩羽已經無法追上。

詩羽只能含住手指，在第一時間看著畫布逐步染上五顏六色。

上一刻仍是單色美少女的巡璃，漸漸成了有色彩的美少女……變得亭亭玉立。

爬上坡道，再過去就是整片的藍天，接著，櫻花花瓣便開始在美術準備室飛舞飄落……彷彿看著看著就會讓人產生如此的錯覺。

在那瞬間……春天，早一步來到了這個房間。

「…………唔。」

詩羽在哭。

雖然眼淚並沒有盈眶。

要是她落淚，會讓英梨梨抓到她天大的把柄，因此就算是賭氣也不能夠讓眼淚落下來。

畢竟，詩羽頭一次看見英梨梨的圖，也是在這間準備室。

而且從那之後，一年半以來，詩羽一直是同人作家柏木英理的隱形粉絲。

所以，在支持得到回報的這個瞬間，她的情緒會爆發是再理所當然不過的事。

於是，詩羽有話要問。

她要問的，是目前人不在這裡，同時，她也希望人能在這裡的，那個學弟。

『欸，倫理同學，你有看過澤村這副模樣嗎？

你有看過她認真燃燒生命，愉快地畫著圖的模樣嗎？

不，你大概一次也沒有看過吧……

畢竟，假如你認識這樣的她。

你就不可能會有「想要保護她」的傲慢想法了。』

『哎，真可惜。

還有，真是太好了。

假如你認識現在的她。

你肯定會再一次愛上她，然後發現那是無法傳達的愛戀，而感到絕望。

你八成會煩惱自己接下來該走的路吧。』

『你一直以為自己最了解澤村，對不對？

可是很遺憾。其實你什麼都不懂。

她是如此堅強、高潔、美麗……

而且傑出的插畫家，而你則是世上唯一一個不知道這件事的丑角喔。』

※　※　※

「畫好了！」

「…………」

「現在幾點？」

時間是四點，五十八分。

「…………」

「……我在二十三分鐘以內完成了，對不對？」

「…………」

二十一分鐘，圖就完成了。

「怎麼樣……呢？」

「…………」

「有沒有接近我在那須高原那時候的圖了？」

「…………」

根本就沒有接近。

倒不如說，距離反而拉遠了。

「霞之丘詩羽？」

「…………」

因為，在詩羽眼中看來，只覺得圖的水準已經比當時高了一個層次，看上去，離紅坂朱音要求的「再高兩個層次」，只差一步就能企及了。

「妳這個人啊……」

「……？」

「呵呵，呵呵呵……！」

「欸……？」

「啊哈哈哈哈，呵呵，哈哈哈……！」

因此，詩羽只能笑了。

人一旦打破極限，會忽然突飛猛進。

不過，那當然是指當事人身上有無窮潛力沉睡的情況下。

目前的英梨梨，應該就是處於那種狀態沒錯。

而且，激發出那種狀況的……

說來令人火大，居功者正是……

※　※　※

「該怎麼跟倫也說呢……」

暮色沉沉，寒意終於開始落在美術準備室。

鬼才繪師不開燈，也沒有坐椅子，只是發愣似的坐在冰冷地板上，背靠著冷冷的牆。

「欸，霞之丘詩羽？妳覺得我該怎麼辦才好？」

只花二十一分鐘，工作量便凌駕今年起兩個月分的天才在靈思離去後，又變回平時那個窩囊的受虐型少女了。

「之前我說過了吧，由妳決定。」

準確料到事情會這樣發展的詩羽，也捨不得拋開這個不會動的玩具，倚身於冰冷的地板與牆壁……也就是坐在英梨梨旁邊。

「倫也明明說過，要我不必勉強自己畫的……」

「啊，是喔。」

「可是，我卻變得可以畫了……」

「太好了呢。」

詩羽從剛才就不知道聽了那個名字幾次。

還是從最不想聽其提起的人口中。

「怎麼辦！欸，到底要怎麼辦！」

「啊～煩死了！等一下，澤村，妳不要黏過來！」

「可是，可是……！」

詩羽真的很氣。

氣這個獨占了「他」的保護慾，還對那樣的狀況百般依賴，等時間一過，陷入無法再靠「他」的情形後，就忽然來向她求助的小動物。

「不然我問妳，繼續留在社團裡，妳畫得出剛才的圖嗎？」

「……唔。」

但因為那是小動物，所以也無可厚非。

非得有人幫忙照顧才可以。

「妳不去想紅坂朱音，也畫得出剛才的圖嗎？」

「……唔！」

既然「他」現在不在，既然她的好友也不在，就只剩詩羽能接棒幫忙照顧了。

「要是倫理同學說『不畫也可以』……妳還畫得出剛才的圖嗎？」

「～唔！」

「那麼，妳只有兩種選擇不是嗎……要畫圖就離開社團；不離開社團就封筆……或者，至少妳不能再把命豁出去畫。」

「……沒有……別的選項了嗎？」

「澤村，是妳剛剛讓自己失去選擇的喔。」

沒錯，因為從剛才到現在，英梨梨面對所有的問題都搖了頭。

「到去年為止，妳的鬥志是來自與倫理同學隔絕。把妳拖到御宅之路的他，偏偏就是不認同妳的才能……對此覺得不甘心的妳，想讓他明白妳有多厲害，那便是妳最大的創作動力。」

「別把那種事情攤開來講啦，妳這變態作家神經很大條耶。」

「可是，願望滿足以後，妳就再也走不下去了。」

「…………」

「倫理同學對妳並沒有冀望更多……」

「不對！他只是告訴我，無論畫不畫得出來，我一樣可以作我自己！」

「對『柏木英理』來說……那是不是比什麼都難受呢？」

「唔……」

「妳看不見自己在『blessimg software』的前途。」

「才沒有……」

「就在這時候，有對手出現了……別說前途，假如妳不設想自己遙遠的將來，就絕對鬥不過那個對手。」

「才沒有……！」

「現在，妳心中的柏木英理正感到歡喜……歡喜自己能挑戰那麼夠勁的對手。」

「才沒有，才沒有，才沒有！」

※　※　※

「我在小時候……背叛過倫也。」

「我曉得。」

美術準備室的時鐘……呃，已經看不出鐘針所指的時間了。

太陽終於下山，房間裡徹底被黑暗與寒意支配。

「所以，這樣算背叛第二次……」

因此，英梨梨語氣僵冷。

「我沒有下一次了……倫也肯定再也不會原諒我。」

「是那樣嗎……哎，或許呢。」

大概並不是因為房裡冷，而是她感到孤獨。

然而……

「可是，可是喔……我跟倫也講好了。

我會當上任誰都認同的厲害繪師。

我要超越任何作家……甚至超越紅坂朱音給他看……！」

被某種念頭觸發的強烈意念，打破了那種孤獨感。

「所以我雖然背叛了，卻也不算背叛！

這是為了履行和倫也的約定！

現在是衝到敵人跟前的大好機會啊！」

「……噗。」

「有什麼好笑的！」

那鬼打牆的論述，倒是挺符合英梨梨的作風。

像她那樣強詞奪理、自私自利、妄下定論的思路，對倫也和一般人來說，應該絲毫也無法苟同。

畢竟，那是創作者的論調。

「不，妳那樣想就行了，澤村……」

因此，詩羽接納了。

而且，「他」遲早也會接納才對。

……雖然詩羽也完全無法保證，到時候待在「他」身邊的會是誰。

連詩羽自己，都有可能成為那個人。

即使如此，澤村・史賓瑟・英梨梨……柏木英理肯定會向前邁進。

因為霞之丘詩羽……霞詩子明白。

讓靈思之神如此寵愛的人類，不可能會違抗神。

她是個天才，同時，也是名為創作者的愚蠢生物。

「辛苦的日子，會持續一陣子呢。」

「我做好覺悟了。」

「哎，要是想大哭一場就找我吧。我可以借胸口給妳靠。」

「我不會再哭……我怎麼可以哭……！」

「沒關係，妳不用忍。」

「……更重要的是，妳也要痛下決心啦。」

「哎，反正我從四月起就是大學生，總會有辦法。」

「霞詩子，妳可不要一直被別人看扁……！」

「澤村……？」

「紅坂朱音看漏了一點……那就是妳的才能、妳的努力，還有妳的不死心！」

「啊……」

「連霞詩子有多厲害都不懂，紅坂朱音根本就沒有什麼了不起！」

「澤村……！」

這件事，世上只有兩個人知道。

柏木英理成為霞詩子的書迷……

其實，遠比霞詩子成為柏木英理的畫迷來得早。

「我們兩個，要一起打倒紅坂朱音喔……」

「妳才要小心別被我暗算，懂嗎？」

兩人依偎著冰冷的地板與牆壁……

而且，雙雙舉拳輕觸了彼此的拳頭。

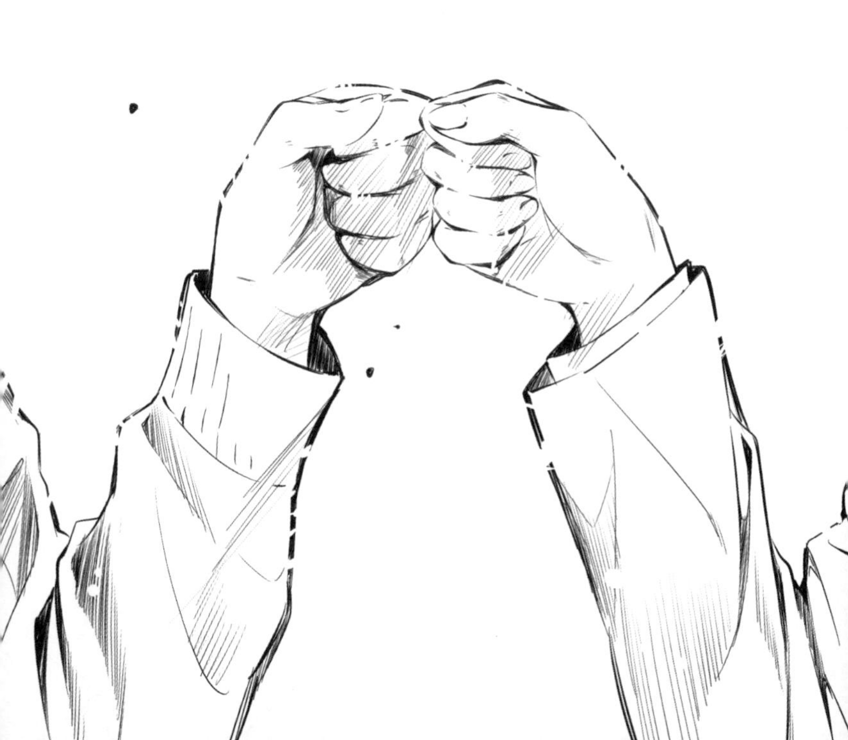

終章

『妳真的……要離開嗎……？』

『啊……』

『原來，妳接受那種作法啊……』

『惠……？』

『對不起，對不起……我跑來別人家裡，居然還……對不起！』

『唔……』

『可是，可是……！妳那樣，是不是，錯了呢……！』

『唔～～！』

『感覺，妳是不是，完全，弄錯了呢……！』

※　※　※

「澤村？」

「…………」

畢業典禮後，過了三天。

詩羽在半夜三點鐘接到英梨梨來電（順帶一提，她原本就醒著），便立刻搭計程車到澤村家門口，並且一下子就找到了靠在自家圍牆呆站著的英梨梨。

「會感冒喔。」

「…………」

三月剛至，大半夜裡無論時間或氣溫都不適合女孩子在外徘徊，連外套都沒披就杵在外頭的英梨梨讓詩羽來看……應該說，任誰來看都覺得有異樣。

「所以說，怎麼了嗎？」

「…………」

如方才所述，從畢業典禮後，過了三天。

換句話說，從「立誓之日」後，過了六天。

對詩羽而言，這一週發生了許多事，情況有了許多變動，人際關係上有許多部分走樣，因而在這段日子受了許多傷。

因此，對於英梨梨深夜來電，把人叫來還擺這樣的態度，詩羽在各方面都心裡有數。

「在那之後，妳跟倫理同學談過了嗎？」

「……我寄電子郵件。」

「倫理同學有沒有回信？」

「……沒有。」

「因為他沒回信，妳覺得很難受？」

「……不是。」

所以詩羽挑了用詞和時機，慢慢、慢慢地搭話。

……好比詩羽自己在畢業典禮當晚，希望某個人能如此對待她那樣。

「那麼，倫理同學他……」

「惠跟我絕交了。」

「……啊～」

詩羽一面應聲，一面吞回差點接著冒出來的嘀咕：「原來找上門的是她啊……」

「她說，她完全不懂我在想什麼……！」

「哎，對加藤來說，難免吧。」

「我沒想到惠會那麼生氣，還哭成那樣……」

「咦？加藤哭了？欸，她哭起來是什麼樣子？」

「怎麼辦?我要怎麼辦!」

詩羽那不識相的學術性好奇心，被急上心頭的英梨梨華麗地忽視了。

「基本上，妳沒料到事情會變成這樣才讓我意外……」

「可、可是……惠跟我不只在社團裡是朋友，就算社團解散，我和她應該還是……!」

「關於那部分……無論怎麼想，錯都在妳身上。」

「為什麼……!」

因為她並不是創作者。

因為她是英梨梨的好朋友。

因為她強烈希望將社團維繫下去。

還有，因為她大概是最能理解「他」的人……

「就算無法理解，妳也要接受。無論讓任何人來想，都會覺得她才是對的。」

創作者除外就是了。

「不要，我不要……我不只失去了倫也，連惠都……!」

英梨梨終究忍不住，聲音開始顫抖。

真不知道是誰，在前幾天才帥氣地放話表示：「我不會再哭……我怎麼可以哭……!」詩羽心裡想歸想，倒沒有這麼說出口，她只是把手放到英梨梨的肩膀。

「……哎呀。」

英梨梨頓時順著詩羽的手，把頭靠到了她身上。

「嗚啊啊啊啊……嗚哇啊啊啊啊啊！」

接著，英梨梨先前立下的誓言已經不知道去了哪裡，眼淚和哭聲像潰堤一樣地湧現。

「我不要……嗚啊啊啊啊啊啊啊啊啊啊啊啊啊～～！」

「好了，妳別哭嘛。」

「可是，可是……嗚嗚嗚啊啊啊啊啊～～」

「雖然妳確實有錯……不過，我還是會站在妳這邊。」

「真……真的？」

「誰教……我們是共犯嘛。」

「霞、霞、霞之丘詩羽……嗚哇啊啊啊啊……嗚啊啊啊啊啊……」

「妳、妳停一下……」

「嗚、嗚、嗚哇啊啊啊，嗚哇啊啊啊啊啊～～！」

「哎喲～～真是的……妳別哭了，柏木英理！」

詩羽看著像孩子一樣抓著她哭哭噎噎的英梨梨，下了個決心……

不，霞詩子下了個決心。應該說，她死心了。

自己要成為柏木英理的影子。

自己要成為保護這個窩囊公主的盾。

讓她培育才能，自己則鍛鍊精神。

等各自成長到極限以後，她們倆要一起打倒那個怪物。

終章之二

就這樣，到了四月的頭一個週末。

「嗚啊啊啊啊啊啊～～！嗚噫噫噫噫噫噫噫～～！」

「……吵死了，大家都在看耶，丟人現眼。」

……在東海道新幹線車上。

「妳、妳、妳才沒道理說我……嗚哇啊啊啊啊啊啊啊啊～～！」

「哎喲～～真是的……別哭了啦，柏木英理。」

「我被暗算了啦啊啊啊啊～～！」

在倫也的送行下，剛經歷「一場小意外」的兩人終於從東京車站出發，結果車還沒到品川就鬧成了一團。

「畢竟，我又沒有講過任何一句要讓步、放棄還是替妳加油的話嘛～～」

「原來妳之前的態度都是騙人的啦啊啊啊～～！」

「那檔歸那檔，這檔歸這檔吧？好啦，快別哭了。我們要一起去打倒紅坂朱音喔。」

「誰會聽妳的啦啊啊啊～～！」

「頭一次磋商就弄成這樣，往後真的前途堪慮呢……我有點累了，甜點我要吃掉嘍。」

「我才不分給妳！那個東京芭○奈是倫也幫我買的！」

「那不是買給『我們』的嗎？」

「既然妳放棄過所有權，這就是專屬於我一個人的！」

「……好吧，澤村。那我『只』把點心讓給妳。」

「妳那是什麼別有深意的口氣！果然妳才是頭號敵人啦！霞之丘詩羽～～！」

後記

大家好，我是丸戶。

從第七集久違至今……呃，只隔了兩個月。搞什麼啊，這是DRAGON MAGAZINE連載嗎？出書間隔太離譜了吧。像這樣吐露發自靈魂的吶喊，不知道算不算稍有收斂？總之，在這次推出的《不起眼女主角培育法Girls Side》中，約有一半篇幅是收錄去年連載於DRAGON MAGAZINE的〈不起眼龍與虎相會法〉。

話雖如此，另一半〈然後龍與虎向天宣戰〉則是新寫的篇章，對於在動畫方面仍有大量功課沒做完的丸戶我來說，負擔實在不可說不可說不可說……但這是好機會，可以在動畫播出期間出新書，讓銷量一舉增長。我對排定出書檔期的富士見書房真是感激不盡（死魚眼）。

不過能在這個時期寫到這段故事，以劇情編排來講也有可喜之處。由於第七集出現了那樣的轉折，這次的《GS（Girls Side）》是將焦點放在讓部分讀者百感交集的兩個人——澤村・史賓瑟・英梨梨和霞之丘詩羽——「暫定」的兩大人氣女主角身上來編排劇情，尤其是後半部，提到了從倫也觀點看不到的種種原委、隱情或藉口……不，沒有什麼藉不藉口。畢竟這都是（作者）自己選的路。

好了，談到GS，在第三集只出現過名字，到第六集其實已經登場的新角色——紅坂朱音大老闆在萬事皆備下亮相了。

雖然我從下筆前就把她塑造成古里古怪得有如集女性作家黑暗面於一身的角色（丸戶我對女性作家完全不熟），實際動筆後卻成了大叔味比大嬸味還重的奇人，因此最感困惑的其實是作者自己，不過還是要懇請各位繼續捧場。我想她在第八集以後依然會拚命亮相耍惡劣，為避免大家只追用數字編號的集數而產生疑問：「這個大嬸是誰啊？」若各位讀者對這樣的外傳也能像正篇一樣捧場，便是我的榮幸（廣告）。

那麼，硬是讓新書趕上動畫播出期間的任務既已達成（一提再提），在此也來談談動畫方面的話題。

相信在購入原作的各位讀者中，會觀賞動畫的比例相當高，而我也篤定在影像、演出、演技上交出的成果，絕對不會辜負大家的期待（腳本就不管了）。

關於影像方面，角色圖自然不用說，特別是針對詩羽學姊黑絲襪的視覺呈現簡直可謂神●病……呃，我是指其認真程度叫人不得不為之顫慄。

關於演出方面，我想加藤的隱形性質、英梨梨用雙馬尾甩耳光，還有詩羽學姊穿黑絲襪的視覺呈現，都出色得讓人只能滿懷感激。

關於演技，松岡先生厲害的即興發揮，安野小姐鼓足勁的沒勁演技，大西小姐令全身躍動（千真萬確）的傲嬌演技，和茅野小姐的黑絲…我是指若隱若現的超Ｓ演技定會讓人看得著迷。

雖然只有腳本救不回來，但是其他要素真的好到不能再好了，熱切希望各位觀眾往後也能繼續給予關注（廣告）。

好，最後照例要發表射後不理的謝辭。

深崎老師，儘管我們最近都忙得慘兮兮，但真的要自重自愛喔，共勉之。常言道：健全的心靈寓於健全的肉體。唉，雖然健全的心靈對創作者來說根本沒屁（以下略）。

萩原先生，儘管我們最近都忙得慘（夠了）。當你把大量工作派給我的時候，也會有大量工作落到你頭上喔，對此你差不多該有警覺了。簡單來說，我想表達的就是：儘管派工作給我吧，我什麼都肯做（被強●過的眼神）。

那麼，下次見面肯定就是在進入第二部的第八集了。

二〇一五年，冬

丸戶史明

國家圖書館出版品預行編目資料

不起眼女主角培育法Girls Side / 丸戸史明作；鄭人彥譯. -- 初版. -- 臺北市：臺灣角川, 2015.11
面；　公分. -- (Kadokawa fantastic novels)

譯自：冴えない彼女の育てかたGirls Side
ISBN 978-986-366-798-8(平裝)

861.57　　104019837

Kadokawa
Fantastic
Novels

不起眼女主角培育法 Girls Side

（原著名：冴えない彼女の育てかた Girls Side）

２０１５年１１月１１日　初版第１刷發行
２０２４年７月３日　初版第13刷發行

作　者：丸戶史明
插　畫：深崎暮人
譯　者：鄭人彥

發行人：台灣角川股份有限公司
總　監：呂慧君
總編輯：蔡佩芬、朱哲成
主　編：林秀儒
設計指導：陳晞叡
美術設計：吳佳昫
印　務：李明修（主任）、張加恩（主任）、張凱棋、潘尚琪

發行所：台灣角川股份有限公司
地　址：１０４台北市中山區松江路２２３號３樓
電　話：（０２）2515-3000
傳　真：（０２）2515-0033
網　址：www.kadokawa.com.tw
劃撥帳戶：台灣角川股份有限公司
劃撥帳號：19487412
法律顧問：有澤法律事務所
製　版：巨茂科技印刷有限公司
ＩＳＢＮ：978-986-366-798-8
